Marina de la Cruz

Marina de la Cruz

Radiografía de una emigrante

Félix Darío Mendoza

Numero de la Libreria del Congreso: 2017900904
ISBN: Tapa Dura   978-1-5245-7680-6
                   Tapa Blanda   978-1-5245-7679-0
                   Libro Electrónico   978-1-5245-7678-3

Información de la imprenta disponible en la última página.

Fecha de revisión: 01/26/2017

Para realizar pedidos de este libro, contacte con:
Xlibris
1-888-795-4274
www.Xlibris.com
Orders@Xlibris.com
752552

CONTENIDO

AGRADECIMIENTO

A la profesora Ivette Matías un millón de gracias por su espíritu de sacrificio en el analisis y reflexiones acerca de esta novela.

Gracias infinitas a mis amigos; a todos mis profesores. Especialmente, al personal docente del Bronx Commity College y The City College of New York. Todos ellos me ayudaron a mantener viva la fe y la esperanza en este país.

DEDICATORIA

Para mamá Felicia, símbolo de amor, abnegación y sacrificio.

Para todas las madres del mundo que lloran cuando ven emigrar a sus hijos hacia tierras lejanas en procura de una vida mejor, buscando un espacio para poder soñar.

UBI PANIS IBI PATRIA[1*]

(Donde está el pan está la patria)

[1*] El dicho original, citado por Cicerón es: UBI BENE IBI PATRIA
(Donde se está bien, allí está la patria)

INTRODUCCION

Los futuros emigrantes, sin pensarlo dos veces, habían pagado grandes sumas de dinero en dólares norteamericanos porque el peso dominicano había perdido todo su valor. El dólar yanki era la moneda contante y sonante que todos ambicionaban obtener a como diera lugar, de la forma que pudieran conseguirla. La situación de la República Dominicana estaba en un completo desbarajuste, en un caos total. La estructura política y social del país estaba deteriorándose. Todo iba de mal en peor. Era como si todas las instituciones de la nación estuvieran bajo un ataque de delincuentes, de vándalos, de un "comején social". Ya no quedaba tela por donde cortar. Parecía que cada quien se había llevado "lo suyo". Cada quien había dado su "mordida". El país estaba como si hubiese sido atacado por las implacables pirañas. La nación quisqueyana lucía un cuerpo descarnado, un esqueleto. Ya los dominicanos habían perdido la fe en el gobierno. Nadie creía en las instituciones nacionales. Este grupo de indocumentados era como una muestra microscópica de la cantidad de compatriotas suyos que añoraban abandonar el terruño, porque para ellos ya había perecido la esperanza en su tierra.

El objetivo común del grupo allí reunido era abandonar clandestinamente el país ante la imposibilidad de conseguir visas legales. Muchos de ellos habían vendido todo lo que tenían para arriesgarse en la odisea en la aventura de cruzar el Canal de la Mona hacia la llamada "Isla del Encanto". Los indocumentados estaban conscientes de que si fracasaban en su intento, no los salvaría ni el brujo de la tribu. Ante la ocurrencia de un eventual fracaso en sus aspiraciones de salir del país, quedarían automáticamente en la calle, como dice la gente: andarían con una mano atrás y otra delante, con las nalgas a la intemperie.

En este momento a nadie le preocupaba el fracaso porque lo que les importaba era triunfar. Como ocurre en la mayoría de los casos, estos indocumentados dominicanos también habían sido fascinados por el espejismo del esplendor que se proyecta desde el extranjero, en una distorsión abismal de la cruda realidad.

Las historietas fantásticas de quienes habían viajado a los Estados Unidos habían creado grandes expectativas, enormes sueños en la mente de los dominicanos. El efecto de aquellas historietas vino acompañado de una propaganda sistemática, bien dirigida, perfectamente orquestada a través de los medios de comunicación masiva. La radio y la televisión jugaban un papel preponderante en ese lavado colectivo de cerebro que incitaba a los quisqueyanos a emigrar por la vía que pudieran. La abundancia económica de los que habían tenido "mucha suerte" para conseguir dinero de la "noche a la mañana" como emigrantes ilegales, le había encendido la chispa de la aventura a mucha gente. La única mujer del grupo de indocumentados era una de las miles y miles de personas que habían caído en la trampa; que habían mordido el anzuelo. Ella como, los demás, quería mejorar su situación económica para ofrecerle un futuro mejor a sus dos hijos.

La pantalla de televisión le presentaba un mundo donde todo era abundancia y bienestar. Lo que se proyectaba era como un paraíso en donde todo era color de rosa. Era como un edén que podría alcanzar y disfrutar cuando emigrara a los Estados Unidos de Norteamérica. Ese era su sueño dorado. Ese es el sueño de millones de dominicanos que se deslumbran por la misma fantasía que encantó a la mujer dominicana. Las causas que la impulsaron a emigrar, aún a costa de su propia vida, forman un patrón universal que se observa, primordialmente, en las naciones pobres del Mundo. En ellas existen las condiciones sociales propicias. Es como un terreno bien abonado por las desigualdades, las injusticias, los abusos, las luchas internas, la corrupción de los que ejercen el poder, situación ésta que induce a un punto común: la desesperanza. Estos son factores que se pueden sintetizar en el triángulo de la miseria que encierra a las mayorías populares: falta de alimentación, educación y trabajo. En este terreno es en donde germinan las grandes ideas de los seudo-revolucionarios que tienen las agallas suficientes para poner al pueblo de estandarte, de escudo, de parapeto para "pescar en río revuelto".

Lo peor de todo es que los pobres, que sufren las injusticias y los abusos de los poderosos, son utilizados por los llamados revolucionarios como "carne de cañón". De esa manera, ellos se esconden para luego salir airosos, cargados, de prebendas para satisfacer sus ambiciones desmedidas. Riéndose a carcajadas de la ignorancia, eso creen ellos, del pueblo dominicano. Un país en miseria es un terreno óptimo para lo falsos profetas de la política; para los religiosos de sobaco, que se encaraman en el púlpito del templo para estafar a los creyentes optimistas reeditándose en la labor de los fariseos; mientras el orador de turno los emboba, los fanatiza, los hipnotiza; vendiéndole un "pedazo de cielo" como si él fuera el agente tributario autorizando con exclusividad por la Divina Providencia. En fin, esos son los falsos profetas, que predican lo que no cumplen. Convertidos en chiriperos que comercian con las religiones y sus preceptos. Para esos vándalos, el cambiar de un partido político es como cambiarse de ropa. Casi siempre terminan arrastrando al pueblo a cualquier vertedero, a cualquier chiquero, al corral que se les antoje. El afán de lucro los lleva a delatar sus falsedades porque siempre terminan practicando la moral en calzoncillos.

Aparte de los factores señalados, lo que más disloca y, por consiguiente, atrae a los emigrantes es la imagen distorsionada del gran progreso que se percibe a través de los medios de comunicación. A través de éstos, se anuncia la abundancia que hay en el llamado "Coloso del Norte" y sus posesiones territoriales. Por esa y otras razones, los indocumentados dominicanos se encontraban en aquel boscoso escondite, en la costa de Miches. Todos estaban listos y decididos a dar cumplimiento a esa empresa temeraria. Mientras tanto, los que no habían podido reunir la totalidad del dinero, con el fin de pagar la cantidad que les exigían para realizar el viaje, eran llevados a "título de crédito". Los que así viajaban, tenían que pagar el dinero restante a través de familiares ubicados por los organizadores en el punto de desembarco. El único contrato que se hacía entre el organizador del viaje y los ilegales, era la palabra. No había ningún papel firmado. Tampoco había necesidad de testigos. En fin, no existía nada ni nadie que pudiera dejar algún rastro del lucrativo "negocio" que implicaba el tráfico de indocumentados desde la República Dominicana. La única "garantía" entre los interesados era la palabra comprometida, que en lo adelante se convertirían en un juramento con el ribete de algo sagrado. Este compromiso se debía cumplir a como diera lugar; sin excusarse en el "yo creía". Cuando el indocumentado que viajaba a crédito no cumplía con lo acordado, ponía en riesgo su vida. Sobretodo porque el acuerdo quedaba sellado con "ribetes ensangrentados" cuando el jefe de los traficantes pronunciaba la corta pero significativa clave: "TENEMOS SU MERCANCIA Y NO SE OLVIDE QUE SE PUDRE".

I

LOS RIESGOS DE LA TRAVESIA

LA VIGILIA

——¡Vamos ya! ——¡Corran todos a esconderse que se acerca la patrulla! ——¡Apúrense que nos atrapan!

No bien se había escuchado el rumor de esa advertencia de premonición y peligro, cuando el grupo corrió despavorido hacia los escondites que ya conocían como las palmas de sus manos. Parecían polluelos asustados que salen a refugiarse al presentir la llegada del enemigo.

——¡Uno! ——¡Dos! ——¡Tres! ——¡Cuatro...¡Uno! ——¡Dos! ——¡Tres! ——¡Cuatro! ——¡Uno! ——¡Dos!...

——Malditos perro e'presa. No nos van a dejar salir nunca—— murmuró con rabia el líder del grupo.

Para esconderse del patrullaje de la Guardia Costanera, el grupo de indocumentados se había dividido en tres partes, en una área boscosa junto a los arrecifes del mar. Ya llevaban dos días tratando de evadir las posibilidades de ser denunciados y atrapados antes de emprender la larga travesía que les separaba de lo que para ellos era la tierra prometida. Los indocumentados que allí se encontraban habían actuado con mucho disimulo y con gran precaución. Aunque habían estado sometidos a una fuerte presión física y psicológica durante varios días, se habían mantenido, hasta el momento, con muchísima calma. El grupo estaba compuesto por personas de distintos lugares del país. En la medida en que se fueron juntando en la ciudad de Higüey, comenzaron a moverse utilizando diferentes medios de transporte para luego esconderse en el lugar que ahora les servía de refugio. Ellos siguieron las instrucciones dadas por el organizador del viaje para que no despertaran la más mínima sospecha. Hasta ahora lo habían logrado. Antes de que la noche cayera, ya estaban todos reunidos tal y como lo habían combinado. Todo iba "viento en popa" como dicen los marinos cuando las cosas están saliendo bien. El sitio en el que se encontraban está ubicado a menos de tres kilómetros de la ciudad de Miches, frente a frente a Puerto Rico.

Todos miraban esperanzados en dirección al mar Caribe. Sus pensamientos estaban clavados en el tenebroso Canal de la Mona. El obstáculo principal de aquella odisea lo constituían las ochenta y seis millas de aguas turbulentas que separan al "Sur del Norte"; a los de arriba de los de abajo; a los ricos de los pobres; a la abundancia de la miseria; a la salud de la enfermedad; a la vida de la muerte. Hasta ahora todo había salido tal y como lo habían calculado. Pero aún les quedaba aquel enorme reto por vencer. El canal de dos extremos: el borde del Tercer Mundo hacia el Sur. Y la orilla del añorado "progreso", que se inicia en Puerto Rico y se extiende hacia los Estados Unidos de Norteamérica.

La noche había caído ya. A medida que pasaban los minutos, se incrementaba la frustración de los cuarenta y nueve hombres y una mujer que intregraban el grupo. Todos estaban desesperados. Los indocumentados estaban alborotados. Tenían mucha razón porque la paciencia se les había agotado. Lo que más les contrariaba era que no veían llegar el momento de la salida hacia el Norte en donde esperaban encontrar dicha, dinero, felicidad y progreso. Por eso, la ansiedad se hacía cada vez más intensa. Con el paso de los minutos y las horas, la desesperación alteraba los nervios de algunos, quienes, temblorosos, se comían las uñas con los dientes. Mientras tanto, otros, que no podían contenerse, hacían preguntas impacientes acerca de lo que ocurría. Ellos demandaban, exigían que se les dieran explicaciones sobre las razones que determinaban el retraso de tan esperado viaje. Sin embargo, los ansiosos pasajeros eran calmados rápidamente por la voz del organizador del grupo, quien visiblemente irritado, ordenaba con energía: —¡Cállense carajo! —¿Es que no ven que ya se me está agotando la paciencia? —No me hagan más preguntas estúpidas, que me están poniendo nervioso a mí también, ¡carajo! —El que no tenga calma, que se vaya para su casa. Además, quiero que sepan que yo no acepto que me pidan que les devuelva el dinero! —¡Ya hemos sobornado a mucha gente! —¡Yo no le devuelvo dinero a nadie! —¿Me oyeron bien?

—Dije, ¡a nadie! —¡Ay de aquél que me chivatée, que me denuncie con la autoridad!

Hubo un inusitado enmudecimiento colectivo; ninguno se atrevió a contestar ni siquiera media palabra. Todos ellos ya se habían acostumbrado a las arengas y a las amenazas que, por asunto de disciplina, profería el rudo jefe de los indocumentados. Oídas esas frases que cortaban como filosas navajas, todos se sometieron a una obligada calma. El jefe tenía toda la razón. En las circunstancias en que se hallaban reinaba la inseguridad y la incertidumbre. Especialmente, cuando confrontaban un retraso como el que se les estaba presentando.

Por eso es que, solo actuando de esa manera, con mucha rudeza, con determinación y coraje podía el organizador evitar un caos entre ese grupo de ilegales con tantas aspiraciones, con tantos proyectos por realizar. Se sentía allí un ambiente tenso y una tranquilidad forzada. El silencio era tan grande, que las notas misteriosas del canto emitido por las chicharras y los grillos se escuchaban con diáfana claridad. Las entonaciones de estos compañeros inseparables de las noches en las islas tropicales, servían de fondo musical a la nota baja que producen los vaivenes de las olas. Era como un canto armonioso de alegría y gratitud a la naturaleza por la inesperada caída de la lluvia caribeña. Parecía un concierto, a la hazaña de quienes no se conforman con el statu quo y se lanzan a enfrentarse con el peligro para alcanzar desesperadamente su bienestar y el de sus familias. Era como un tributo de alabanza a la lucha y a la valentía de los emigrantes por conquistar el progreso venciendo al mar.

El olor a lluvia, hierba y salitre forzaba a muchos a pensar en las comarcas que habían dejado atrás. Como en la mayoría de los casos, los emigrantes allí reunidos eran forzados a buscar en tierras extranjeras las oportunidades que la patria les negaba. Muchos de ellos comenzaban ahora a meditar con profundidad porque el momento era tenso, crucial, decisivo. Eran muchos los ilegales que tenían sus ideas claras. Por eso halaban para su lado, calculando y planificando lo que harían cuando se vieran en los Estados Unidos de América. Pero otros no sabían a ciencia cierta cómo habían tomado la decisión de embarcarse hacia el exterior, arriesgándolo todo a cambio de un espejismo. Por eso enmudecían y su único escape a esa presión tan grande consistía en comerse las uñas hasta el tronco de los dedos; hasta que les empezaban a doler. Los que integraban ese grupo de ilegales eran personas provenientes de diversas regiones; y por supuesto, de distintas edades. Sin embargo, el propósito los unificaba en esta peligrosa odisea. Ellos habían decidido jugarse el "todo por el todo", para lograr sus anhelos de conseguir en los Estados Unidos de Norteamérica una vida mejor.

El más joven de los integrantes del grupo era de unos veinte años; mientras que el mayor de todos no había alcanzado aún el medio siglo, aunque, en sus facciones físicas presentaba la imagen de un sexagenario. Ese era el resultado de la vida dura y trabajosa que había llevado desde que que tenía uso de razón. A él le había tocado cumplir con una labor de "sol a sol", en los áridos campos de Montecristi, de donde era nativo.

Al fondo de la cueva que servía de refugio transitorio al grupo más numeroso, se hallaba una mujer robusta. Sus piernas eran duras y torneadas como resultado de su constante caminar en las fértiles llanuras de San Francisco de Macorís, donde había nacido. Sus rasgos físicos eran hermosos. Pero se advertía que su procedencia era la zona rural y que estaba acostumbrada a las faenas campestres. Era una mujer de piel trigueña, de ojos marrones como el café, con una expresión resaltante en la configuración de su rostro. Su cabellera era larga y profusa. La bella mujer cibaeña podía estar muy orgullosa de ese atributo natural ya que sus negros y sedosos cabellos descansaban en la voluptuosidad de sus caderas.

Sus treinta años no habían logrado aún mellar su lozanía de mujer latina: dulce como el azúcar, alegre como la "salsa" y el merenque; laboriosa como la abeja en su panal. Aquella mujer era un símbolo completo de la fusión de las razas negra, blanca e indígena que caracteriza el mestizaje que ha producido una cuarta raza en América Latina: la raza criolla que hoy adorna, como un arcoiris de singular colorido, las islas tropicales. Cuando se unió al grupo unos cuantos meses atrás, la hermosa mujer dijo llamarse Marina de la Cruz.

En el lado opuesto de la cueva, junto a la única salida del escondite se encontraba el organizador del grupo. La hora de embarcarse se acercaba a cada minuto. Por esa razón, el jefe estaba dando los últimos toques para cuando llegara el momento de la salida. Ese hombre era el responsable directo de lo malo o lo bueno que les ocurriera a los indocumentados allí reunidos. Después de todo, ellos eran seres humanos cuyas vidas estaban en juego en la aventura marítima. El sabía que debía actuar con gran determinación y con muchísima cautela.

Como miles y miles de dominicanos acostumbran hacerlo, las personas allí presente, se proponía abandonar por agua el territorio de la República Dominicana, porque, la otra vía no era posible. Esta nación de más de ocho millones de habitantes ocupa las dos terceras partes de la Isla de la Hispaniola, y hacia su vecino más cercano no hay nada que buscar. Pues la otra parte de la isla es habitada por la República de Haití, un país con un poco más de siete millones de almas sumergido en una miseria que lo sitúan como más pobre del Hemisferio Occidental. En las manos de este hombre enigmático estaba la victoria o el fracaso; la desgracia o la felicidad; el triunfo o la derrota. Manuel Díaz Amador era un hombre de complexión atlética, de mediana estatura, y de aproximadamente, cuarenta años. Sus ojos eran grandes y negros como un azabache. Cuando miraba de frente, parecía tener la ferocidad de un tigre. Sus constantes movimientos le imprimían la impaciencia de un potro acabado de domar. Su tez lo revelaban como un mulato, y dejaba al descubierto sus lazos étnicos.

Su sangre era el fruto de la herencia de los esclavos que habían sido traídos al Caribe desde el Continente africano. Lo que parecía establecer que su legado racial había logrado imponerse con supremacía sobre la cuota de sangre blanca, transmitida como fruto de la colonización española que corría por sus venas. Su bigote era copioso y canoso, sirviendo de marco a un largo cigarrillo que nunca apagaba. Manuel tenía muchas cualidades. Por eso, sus "superiores" le habían dado "luz verde" para que se encargara a su antojo, como él lo dispusiera, de los trajines que conlleva la organización de viajes clandestinos. El podía hacer y deshacer. Por esa razón se había ganado muchos enemigos entre los demás traficantes. El no comía cuentos ni aceptaba "vagabunderías".

Eran muchos los que se atrevían a envidiarle aunque no tenían el valor de enfrentarlo de "hombre a hombre" de macho a macho. Lo que nadie se atrevía a contradecirle era la gran memoria que lo caractizaba. Manuel recuerda con claridad el preciso instante en el que rechazó a Marina de la Cruz. Han transcurrido ya unos cuantos meses. Aunque él entrevista a cientos de personas al mes que aspiran a viajar al extranjero, Manuel tiene grabado en su memoria con pelos y señales, el momento en que la mujer se le acercó. Sin muchos rodeos,

Marina de la Cruz, le pidió que la llevara en su próximo viaje clandestino.

Ya todos conocían el criterio radical de Manuel en lo que a la organización de viajes ilegales se trataba. Para él, "los riesgos y los peligros de las travesías al extranjero eran solamente para hombres". El lo decía sin disimular su orgullo. Por su actitud, perecía un típico machista latino. Especialmente, cuando asumía una postura altiva, inflando y desinflando con orgullo, sus pulmones con una espesa bocanada de humo. El tenía sobrada razón para ser orgulloso. A la hora de poner sobre el tapete sus antecedentes como traficante de ilegales desde la República Dominicana, no aparecía uno de su temple, de sus agallas. Su astucia había logrado imponerse a la envidia, la intriga y el chantaje que provocan tantos conflictos de intereses entre los que se dedican al tráfico de indocumentados.

La fama que había adquirido por sus exitosos viajes clandestinos le daban garantía y autoridad a Manuel Díaz Amador. El era lo que se llama "ley, batuta y constitución" para imponer los altos precios que cobrada a los interesados en salir hacia el exterior. El era el "mandamás" a la hora de escoger a los clientes. Era muy riguroso. No se flojaba por nada. A veces, lo acusaban de ser exagerado en sus exigencias económicas; de indolente, de abusador. Pero parafraseando al refranero popular "toda regla tiene su excepción". A Marina le tocó ser la excepción.

Manuel Díaz Amador recuerda con una sonrisa de picardía, como de triunfo, el día en que Marina de la Cruz le susurró para rogarle que la incluyera en la próxima travesía hacia la isla borinqueña.

La resistencia del jefe de los indocumentados duró menos que lo que a menudo puede durar "una cucaracha en un gallinero", pues, la mujer fijó su mirada en sus ojos. Ella lo "hipnotizó" con aquella mirada fija, penetrante en la que iba "el dardo" del convencimiento. Sin saber por qué lo hacía, Manuel optó por aceptarla como la única mujer que se embarcaría con él hacia el exterior. Aunque la mujer lo disimuló muy bien, por dentro le daba gracias a Dios porque el organizador del grupo la aceptó sin ponerle trabas. Muchos se quedaron sorprendidos al ver que el jefe incluía a una mujer en ese viaje. Otros pensaron que lo hizo con una intención "non santa". Esos creían que Manuel lo hizo con una doble partida, con una triquiñuela, como una hábil artimaña con la que le jugaría una estratagema a las autoridades costeras dominicanas, en caso de que fuera necesario. Manuel sabía lidiar muy bien porque conocía al dedillo las "reglas de juego" que le imponían los cabecillas, los grandes jefes del tráfico de ilegales y las autoridades dominicanas encargadas de controlarlos. Por eso siempre guardaba una carta entre las mangas de la camisa por si la necesitaba; "por si las moscas", como dice la gente. Manuel siempre decía que: "hombre precavido vale por diez"; y que "la culebra no se agarra en lazo."

En esos días el negocio del tráfico de indocumentados estaba pasando por una etapa muy complicada. Manuel conocía muy bien la situación. Por eso, reclutó a Marina de la Cruz. Pensaba que ella le podía servir de señuelo para confundir a las autoridades ante un eventual descubrimiento. A juicio de Manuel, con un poquito de astucia, de habilidad femenina, Marina de la Cruz podía fácilmente, burlar a los guardias y a la policía en las carreteras del país. Para lograrlo, tan sólo tenía que hacerse pasar como una guía de peregrinación hacia la famosa Basílica de la Virgen de la Altagracia, monumento religioso ubicado en Higüey.

Hacia esa ciudad oriental se hacen peregrinaciones religiosas casi todos los días de la semana. La razón principal de estas romerías es que siempre hay creyentes que tienen promesas que cumplir y problemas que los atormentan. Como dice el refrán popular "no hay deuda que no se pague ni promesa que no se cumpla." Hasta el más humilde de los devotos sabe que con las promesas de la virgen "no se juega".

La ciudad de Higüey siempre ha servido como escondite de los llamados ilegales que quieren emigrar. La región del este de la Rep. Dom. viene siendo como la antesala territorial que los conecta con la cercana Isla de Puerto Rico. En la ciudad de Higüey los ilegales se confunden con los devotos de la Virgen de la Altagracia. Aparte del fervor religioso de los creyentes de la Santa, existen en el lugar, las condiciones favorables para tales travesías por razones geográficas entre las dos islas. La distancia es cortísima, prolongada al infinito por el viacrusis del Canal de la Mona. Pero si hay un buen tiempo atmosférico, en cuestión de horas se llega a la Isla del Encanto.

Mientras se hallaran en Higüey, los guardias jamás sospecharían que éste era un grupo más de ilegales emigrantes. Nunca pensarían que los cuarenta y nueve hombres y una mujer iban de paso por esta ciudad. Acercándose con cautela, hacia el punto de reunión convenido para situarse a orilla del Mar Caribe. El organizador del viaje lo tenía todo previsto en caso de que fueran detenidos para ser interrogados en el territorio dominicano. En esta travesía, tanto Manuel como sus ayudantes estaban un poco contrariados, confundidos por los problemas que se les habían presentado en el trayecto terrestre. Ellos habían hecho toda clase de escaramuzas habían tomado toda precaución para evadir la fuerte vigilancia de las autoridades militares. Entre estas medidas estaba, el haber venido por tierra a reunirse en la ciudad de Bonao cabecera de la Provincia Monseñor Nouel, por ser un punto céntrico, un lugar estratégico para todos.

En ocasiones anteriores, Manuel reunía a los integrantes de su grupo de indocumentados en la Bahía de Samaná. Desde allí iniciaba el viaje por agua hasta llegar a la costa de Miches. Manuel tenía un escondite en un recodo del mar que, por una paradoja del destino, le llaman Cabo Cabrón, ubicado en Santa Bárbara de Samaná. Mientras que se reabastecía en la playa del Macao y Cabo Engaño en donde hacía los últimos contactos con lo que él llamaba "sus enllaves; sus palancas".

Era en esa etapa del viaje cuando llenaban los tanques de combustible por última vez, antes de salir del territorio dominicano. Allí también completaban su carga humana con los indocumentados que provenían de las ciudades del Este.

Otra de las razones, por las que Manuel decidió utilizar a la ciudad de Bonao como punto de reunión de los viajeros, se debió al movimiento cosmopolita constante; un entra y sale permanente de vehículos a la ciudad. Este hecho disminuía las sospechas de las autoridades policiales. La razón principal de esa actividad comercial se debe a que la zona sirve de sede a dos gigantescas compañías multinacionales tales como: la Falconbridge y la Rosario Mining Company. Ambas empresas de capital foráneo se dedican a procesar ferroníquel y oro, respectivamente.

La hermosa mujer, por su parte, recuerda de su primer encuentro con el jefe de los viajeros clandestinos, el hecho de que éste le propuso trabajo.

Manuel Díaz Amador no vaciló. De inmediato le propuso que se convirtiera en reclutadora de hombres que quisieran salir clandestinamente. La propuesta era muy tentadora porque Marina de la Cruz se podía ganar mucho dinero con menor peligro. Ella reunía todas las condiciones para hacer ese trabajo. Lo único que tenía que hacer era convencer a los hombres para que viajaran "por la izquierda" hacia el extranjero en procura de una vida mejor. Ella era la persona ideal para ese tipo de negocio. Marina de la Cruz hablaba claro y directo. Su belleza impresionaba a los hombres a primera vista. Por lo menos, así le había ocurrido a Manuel Díaz Amador cuando se encontró con la hermosa mujer frente a frente, por primera vez.

Pero el pensamiento de Marina de la Cruz no podía dar cabida a otros planes que no fueran los que le dieron origen a su decisión de abandonar el terruño nativo, a como diera lugar, de cualquier manera. Ese era el motivo por el que estaba en ese sitio; en medio del silencio y la noche. Con el pensamiento puesto en los dos hijos que había dejado atrás, bajo el cuidado de una tía suya, a quien también quería como si fuera su propia madre.

—¿Sufrirían mis hijos hambre?...—¿Serían maltratados en mi ausencia?...—¿Le perderían el cariño al culparla de su abandono maternal?...—¿Qué futuro le esperaba en el extranjero?...

––¿Lograría yo alcanzar la otra orilla del siniestro Canal de la Mona la orilla del progreso?..––¿Cómo pagaría la deuda contraída para hacer el costoso viaje a los Estados Unidos?...

––¿Cómo y cuando regresaría a la patria que estaba a punto de abandonar?...

Esas eran siete preguntas, que como siete puñales, traspasaban el alma de mujer de Marina de la Cruz. Y de sus grandes ojos se desprendieron gruesas e incontenibles lágrimas. Era como un torrente que servía de sello imborrable, indeleble, del contrato que ella, Marina de la Cruz, había firmado con el sufrimiento desde que se hizo mujer. Y allí quedó en medio de la noche y el silencio; rodeada de tantos hombres y de tantas preocupaciones que le laceraban el alma.

En los oídos de Marina de la Cruz aún retumbaban las severas palabras del Arzobispo de la Basílica de Higüey. Ella había hecho lo que hacen casi todos los indocumentados antes de embarcarse.

Todos se presentan a la iglesia a confesar sus pecados ante el sacerdote. Van a ese lugar a pedirle la bendición a la Virgen de la Altagracia para que los ayude a cruzar el Mar Caribe sin contratiempos...––¡Bienaventurados los que sufren porque de ellos es el reino de los cielos! ––¡Hermanos míos, despreocúpense de los bienes materiales...porque mi reino no es de este mundo!

Así seguía la voz estruendosa del orador resbalando de pared en pared, dentro del gigantesco templo. Repitiendo una y otra vez aquellas frases como si el mismo Monseñor desconfiara de su veracidad. Total, el prelado no podía despegarse de sus bienes materiales porque vivía en un mundo moderno; porque los tiempos habían cambiado. En vez de un carruaje de caballos, como los que usaban los obispos de antaño, ahora tenía que andar en una lujosa limosina negrísima, con teléfono celular para mantenerse bien comunicado. En lo referente a "los pobres y mansos de corazón", a él mismo le costaba trabajo creer lo que decía porque ¿a quién se le ocurre pensar que hay que ser un desahuciado menesteroso para entrar al reino de los cielos? Cuando el predicador alcanzaba el clímax de su verborrea teológica se le olvidaba por completo que estaba cometiendo un sacrilegio. Siempre confundía en sus prédicas, las grandes mansiones de Arroyo Hondo con las destartaladas casuchas de los barrios de Cristo Rey, Guachupita, El Hoyo de Chulín y Lava-Pie. La prédica del sacerdote hubiese estado perfecta ese domingo de Pentecostés de no ser por el hecho, de que, en más de una ocasión, tuvo que pedir excusa a la feligresía porque en lugar de decir "pobres y mansos", dijo "pobres y mensos".

Nadie pudo escapar de aquellos sermones dominicales. Las sentencias del sermón eran más bien encendidas imprecaciones que, de una manera desafiante, abarcaban a todos los pecadores: hembras, varones, ricos y pobres. "A las mujeres infieles que se dejaban comer el cerebro por los chulos, cheches y cazadores de corazones heridos, para revolcarse con ellos en cualquier rincón que les sirviera de nido de amor, sin importarles un bledo que sus maridos fueran expuestos al escarnio público, a la burla colectiva. Sometiéndolos al ridículo de los bochinchosos, lengua larga, permitiendo, que los charlatanes de turno cebaran su sed de burla, pintando las figuras de las víctimas de infidelidad con caras inocentonas. Pero, con más cuernos que un venado".

Una vez terminada su conjura con ribetes de exorcismo contra las desafortunadas mujeres, el predicador la arremetía contra los hombres impíos. Ajustando los altibajos de su voz. Haciendo como el buen pastor que combina el látigo despiadado con la palabra convincente para agarrar a la oveja perdida. Aplicando así el dicho popular de que "con candela y puya hasta el Diablo huye". Y que a todo el que le dan, camina. Lo peculiar de esa prédica era que, cuando le tocó mencionar la palabra "hombre", la voz se le tornó disfónica porque le podía tocar parte de la conjura: "Vosotros, herederos de Adán, hombres impíos que abusáis de vuestras compañeras y de vuestros hijos;' poniéndole una querida en la misma cuadra en donde viven las esposas de sacramento. Os juro que vosotros pagaréis caros vuestra debilidad por la carne."

Los que menos sufrían de ese grupo de feligreses eran los miserables, los marginados y los mansos desposeídos que habían sido reivindicados por las correcciones gramaticales que el obispo había hecho en su discurso al dejar de llamarles "mensos".

—"Bienaventurados los pobres y los mansos de corazón..."

Como al prelado lo único que le interesaba era evitar los pleitos, las fricciones entre las dos clases sociales más definidas entre sus feligreses, intentaba ganar la raya neutral cuando se refería a los pobres y a los ricos. Para ello, se valía de su astucia y de su imparcialidad teológica. Y en un tono menos severo referíase a los pudientes avariciosos recordándole la facilidad con que pasa un camello por el "ojo de una aguja".

El gigantesco templo, en cuya construcción hizo su aporte el Presidente Rafael Trujillo para limar las asperezas que tenía su gobierno con el Vaticano, estaba repleto. Así lucía la iglesia todos los domingos porque la gente de la provincia se apresuraba a escuchar la primera misa. Ese interés no era tan solo por cumplir con los compromisos terrenales, sino también porque el primer servicio dominical era ejecutado por su Excelencia el señor Obispo. Para muchos creyentes ese hecho era vital porque la jerarquía tiene que ser respetada. Al fin de cuentas, cuando se llega a la hora de la verdad, a nadie se le ocurre negar que el Arzobispo está más cerca del Papa que los curas de las parroquias.

Entre la multitud habían unos cuantos ricos poderosos, aunque se podían contar con los dedos de una mano y sobraba la mitad. La muchedumbre congregada en el templo la integraban personas de todas las categorías sociales: empleados civiles y militares que querían estar bien con sus superiores; enfermos buscando curación para sus males; muchos desempleados a la espera de que el agua bendita rociada por el sacerdote, los salpicara para salir a buscar trabajo. En cantidad, los mendigos que se hallaban en el templo, podían competir con las personas pudientes, adineradas porque tampoco pasaban de tres. Ya ellos estaban cansados de implorar dentro de la iglesia y se exponían a perder los sitios más estratégicos en la entrada principales en donde pedían a diestra y siniestra dizque para conseguir el sustento.

——Déme una limosnita por favor. ——Una limosnita pa'comer mi doñita. ——Dios se lo pague—— le decían al que le daba algo. Pero ¡ay del feligrés que no dejara caer una monedita en el mugriento sombrero del mendigo! ——¡Váyase al infierno! ——Si no quiere, no me dé na'a. ——total con pedir no se pierde nada. Si me dan algo, gano. Si no me dan, me quedo empata'o.

El que así hablaba era un veterano pedigüeño que se hacía pasar por ciego. Pero la gente decía con mucho disimulo que éste era un agente de la policía secreta del Gobierno.

Los que más abundaban en el lugar eran los indocumentados que querían salir huyendo hacia el exterior. Entre los presentes estaba Marina de la Cruz. Pero ella seguía muy ocupada en sus peticiones personales.

Cada feligrés tenía un motivo muy particular para encontrarse en el templo. Y el prelado sabía que muchos no estaban en la basílica simplemente por rezar. Los incontables años que llevaba de templo; en templo de parroquia en parroquia para llegar a este púlpito tan elevado le habían enseñado al obispo a reconocer que en esas multitudes de devotos se mezclan casi siempre "los mansos con los cimarrones".

Cuando llegó el momento de repartir la comunión, el coro de la iglesia se levantó y comenzó a entonar los cánticos de aleluya por el pan y el vino que se iban a comer. El Arzobispo, como no era ni tonto ni perezoso, aprovechó la ocasión para tomarse un merecido descansito. Sentóse en una ancha silla señorial que, para tal propósito, había sido colocada en medio del altar mayor. Se veía muy orgulloso rodeado de algunos de sus ayudantes. Su rostro presentaba una satisfacción y una recogida sonrisa al ver a sus feligreses desfilando ante su presencia con reverente actitud. Sin mirarle a los ojos porque esas son las reglas de su altísima autoridad.

Marina de la Cruz no pudo beber del vino. Tampoco pudo comer del pan. Pero lo que más le dolió fue que no pudo dar la limosna generosa para los gastos del templo, tal y como lo sugerían las palabras del predicador.

Aún retumbaba como un trueno la voz del orador, arropado de pies a cabeza por un vestuario extraordinario. Haciendo que los diáconos, vestidos con túnicas color violeta y por supuesto, más sencillas que las ropas de su excelencia, repitieran en un latín muy refinado el "Dominus vobiscum... Et cum spíritu tuo."

—Y qué será de mis dos hijitos que he dejado atrás?...

Se repetían de nuevo, una y otra vez las siete preguntas como un círculo vicioso en torno al sufrimiento que la desgarraba por dentro. El dolor fue aumentando de esa manera, produciéndole un torrente de lágrimas que se desprendían de sus ojazos color café.

El silencio que rodeaba a Marina fue interrumpido de repente por una voz jubilosa que anunciaba: —¡Se acerca una luz a la orilla!

—¡Es la señal! —¡Vamos a prepararnos ya!

El grito de alerta causó tensión y alegría al mismo tiempo en el grupo de indocumentados. Pero la voz de mando de Manuel Díaz Amador no se hizo esperar: —¡Calma dije, carajo! —¡Que aquí solo yo doy las órdenes! —¡Nadie se mueva hasta que yo le avise!

¿No ven ustedes que esa embarcación puede ser una lancha de la Marina de Guerra? —¡Parti'e condena'os! Parece que ustedes no tienen cerebro para entender que esa luz puede ser un engaño; una trampa, estúpidos!

—"Manuel debió ser guardia o policía, "murmuró descontento un joven con aspecto de estudiante universitario quien había pedido a sus compañeros ilegales que le llamaran por el sobrenombre de El Cheche. —Ese tipo nos trata como a reclutas en un recinto militar. —Parece como si estuviéramos viajando gratis". Refunfuñó entre los dientes con visible desagrado el joven. El llamado Cheche quiso protestar y dar riendas sueltas a la efervescencia que ardía en su interior. En aquél instante, quiso exigir del organizador y jefe de la travesía un mejor trato para todos los indocumentados.

En efecto, ellos merecían una mejor consideración de parte de Manuel Díaz Amador. Todos habían pagado mucho dinero para emigrar clandestinamente. El maltrato que estaban recibiendo no se justificaba. Por eso, algunos de los ilegales comenzaban a inquietarse, a irritarse, a protestar. El Cheche ya había dado el primer paso. Obedeciendo a una vieja manía infantil, el estudiante se quitó los gruesos espejuelos para hablarle a las personas allí presente que eran sus compañeros de odisea. Pero sintió un fuerte nudo en la garganta. Era un nudo de rabia, de impotencia, de frustración que le asficiaba desde hacía mucho tiempo. La inconformidad que tenía adentro era como una llama encendida. Como un volcán a punto de eruptar. A veces él mismo se preguntaba cómo pudo haber pasado tanto tiempo sin explotar, sin desahogarse. En su interior surgió, entonces, una contradicción tremenda en torno al propósito y a las razones que lo habían empujado a integrarse en el grupo de indocumentados.

El estudiante tampoco podía explicarse cómo pudo pasar a formar fila de esa legión interminable de hombres y mujeres que violentan a diarios las leyes migratorias de la República Dominicana.

Hasta el momento no estaba claro en la mente del Cheche el por qué millares de dominicanos se preparan a diario para huir despavoridos de la tierra que los vio nacer. En la búsqueda del Norte promisorio, dorado y fabuloso. Al Cheche no le importaban mucho las leyes. Pero él se consideraba a sí mismo un patriota de pura cepa.

Era por eso que se preocupaba tanto por esa corriente incontenible de las masas populares que, en franco desafío a la naturaleza, persiguen en otras tierras de extrañas latitudes y de exóticas culturas las oportunidades que su país no les proporciona. Fue en este instante cuando el estudiante se olvidó de la fogosidad de su juventud, casi rayando en los veintidós años. Se olvidó también de sus inquietudes estudiantiles. Su pensamiento se concentró, en ese momento, en los cinco hermanos que, junto a su madre, había dejado atrás. Pero lo que más le dolía al más joven de los indocumentados era, lo duro que había sido el sacrificio de su progenitora de nombre Justina del Orbe. La mamá se dedicó a trabajar largas y agotadoras jornadas. Su interés era que el Cheche y sus hermanos pudieran ir a la escuela. Sola. Sin tener ningún marido que la pudiera ayudar con la pesada carga que llevaba encima.

El Cheche del Orbe había ingresado a estudiar medicina en la Universidad Autónoma de Santo Domingo (UASD) en la primavera del año de 1982. Sin embargo, por decisión de su mamá había optado por abandonar el país antes de terminar su carrera de galeno. Esta fue una determinación durísima para la madre que veía en su hijo mayor la razón para un mejor "modum vivendi". Doña Justina del Orbe estaba cansada de vivir como vivía. Ella quería salir con sus hijos del atolladero económico en que había quedado desde que su marido la dejó con una carga de muchachos. Eran seis bocas por alimentar; seis barrigas por llenar.

Con esa decisión se desvanecía, al menos por ahora, la esperanza de alivio para la responsabilidad que el destino le había echado encima a doña Justina del Orbe. Actuando con su instinto de protección materna, doña Justina no vaciló ni un solo instante cuando encontró la oportunidad de sacar a su hijo de la convulsionada nación quisqueyana. La sacrificada mujer tenía toda la razón. Ella era la que llevaba la carga, la que sufría y pasaba las noches en vela con la incertidumbre de si su hijo mayor llegaría vivo o lo traerían muerto a la casa. Doña Justina lo vio a punto de morir durante los disturbios callejeros que arrojaron cientos de muertos en ese verano sangriento. Aún se sentía en el ambiente el resultado negativo de las violentas protestas que se llevaron a cabo contra el régimen de turno. En aquel entonces, el gobierno tuvo que ceder a las presiones generadas por los ajustes económicos impuestos por el Fondo Monetario Internacional (FMI).

El pueblo dominicano no pudo resistir más la medidas puestas en práctica contra la maltrecha economía de la nación caribeña. Los artículos de primera necesidad escasearon. Los precios de los productos se pusieron por las nubes. La corrupción y la especulación aumentaron. La desesperación de muchas personas se fue convirtiendo en un pánico aterrador cuyos efectos no discriminaban a ningún grupo social.

Ante un cuadro sociológico fragmentado, la estructura económica y política que sostenía al pueblo dominicano estaba en un proceso de deterioro. Los dominicanos andaban en busca de un escape. Entonces, los viajes ilegales aumentaron porque la emigración hacia el exterior era la única salida que tenían para enfrentarse a la asfixiante situación socio-económica de la República Dominicana. Cuando las masas populares no vieron solución alguna a sus problemas, se dejaron azuzar por la retórica seudo-revolucionaria. Y con un puñado de mandamientos traducidos e impresos en el lejano oriente, arrastraron a la desesperada población al suicidio colectivo.

La República Dominicana estaba a punto del caos, a punto del colapso. La situación política era como un río sin cauce que amenazaba con llevarse a su paso a todo lo que encontrara en el camino: a los corruptos, a los especuladores, a los agiotistas, a los usureros; a los politiqueros de mala muerte que "lo ofrecen todo a cambio de nada. "A los líderes de turno, tan demagógicos que ofertan sus vidas por el pueblo si fuera necesario. Con la única condición de que la muerte no les pase cerca. Y si olfatean un peligro inminente, se van por la frontera hacia el vecino Haití porque según dicen sus amigos íntimos, "les tienen más miedo al agua que el demonio a la cruz".

Aquellas movilizaciones se habían convertido en una tormenta. Era como un torbellino humano. El objetivo de las organizaciones envueltas en las protestas populares era arrasar con aquel gobierno del llamado "Buey Blanco" que tanto había prometido a su militancia. El descontento nació porque el régimen no se encontraba en condiciones de cumplir todo lo que el partido prometió. El resultado fue un maremoto de protestas políticas como nunca se había visto en la convulsionada Quisqueya. Ocurrió un baño de sangre. Esa situación creó un pánico, un caos en la mayor parte de las familias dominicanas. Eran ellas las que sufrían en carne propia, los efectos devastadores de una corrupción desenfrenada. Y la incongruencia de una política económica al garete, mal aplicada.

Durante el fragor de aquellos disturbios callejeros el estudiante fue apresado y golpeado con rudeza por las tropas contra motines de la policía. La institución estaba en la obligación de contener, al precio que fuera, la marcha desbocada de la gente que se había tirado a las calles para romper vidrios y destruir la propiedad privada, azuzadas, soterradamente, por sectores políticos.

El hijo de doña Justina del Orbe no era un estudiante muy brillante. Su situación se empeoró más de lo que estaba cuando empezó a perder clases tras clases en la universidad por meterse en las movilizaciones callejeras. El Cheche se había convertido en un "dolor de cabeza" para su madre porque había llegado al climax de su rebeldía. El estaba contra todo. Su consigna era "abajo el que suba". Por esa razón, no se perdía una sola protesta contra el gobierno; ni una sola marcha estudiantil. En una de estas fue golpeado y apresado por "tirar piedras" frente al parque Independencia.

Al ver a su hijo en tan malas condiciones a consecuencia de los maltratos físicos que recibió cuando era detenido, su mamá prefirió que abandonara el territorio dominicano "por la izquierda". Doña Justina del Orbe había removido cielo y tierra. Ella había tocado todas las puertas de sus amigos y conocidos. Su afán era conseguirle una visa legal a su hijo. Su temor era que el Cheche, una vez recuperado de la golpiza, volviera a las calles de Santo Domingo a continuar protestando contra el régimen. Ella siempre decía: ese vagabundo es peor que un perro huevero, aunque le quemen la boca, sigue comiendo huevos. Doña Justina no quería que su hijo volviera a tomar parte en la movilizaciones que se estaban volviendo cada vez más violentas.

Ahora, cuando ya se encontraba en la antesala del comienzo de una nueva aventura en su vida, el estudiante se preguntaba: ¿Qué sería mejor para mí; soportar las imposiciones e insultos del jefe de los ilegales? ——¿Debería yo echarlo a perder todo y volver a los pasillos del Alma Mater de la UASD a arengar a mis compañeros?

El Cheche estaba atrapado en un callejón sin salida, en un complicado laberinto en el que se había metido. El había entrado allí, seducido por sus compañeros universitarios. Al fin y al cabo, El Cheche no estaba arrepentido porque las protestas estaban muy de moda. El estudiante no lo pensó dos veces cuando su comandante político le ordenó que su trabajo y aporte a la revolución era salir a reclutar, a convencer a otros jóvenes como él para que se unieran a los grupos clandestinos. Su misión no era imposible. En las callejuelas de los barrios marginados de la capital dominicana hay montones de jóvenes listos para integrarse a quienes los emboban ofreciéndole libertad, justicia y tres comidas calientes. Claro está, los revolucionarios reclutados ignoraban que las tres papas calientes se ganan bajando el lomo, con el sudor de la frente. Pero al Cheche, lo que le interesaba era instruirles para la quema de gomas, para romper carros, guaguas y vidrieras sin importarle para nada el respeto a la propiedad privada, el derecho ajeno. Ignorando la integridad física de los ciudadanos inocentes, indefensos.

El estudiante pensó también en volver a encaramarse en la tribuna improvisada en el patio de la universidad por los fogosos líderes de turno. Allí, los oradores designados por los jefes de grupos se arrancaban las greñas por asumir el control del gobierno estudiantil. Aquí se preparaban, practicando desesperados las últimas palabras que formarían las nuevas frases. Así ejercitaban sus gargantas sin la presencia de ningún infiltrado enemigo de la revolución, de su revolución.

Eran consignas muy nuevas en el país, pero desgastadas por el uso en otros lugares. Eran frases pegajosas que habían estado a la moda en el lenguaje revolucionario acabado de importar de Europa, del Medio Oriente, de la República Popular de la China, de Vietnam, o de la cercana Cuba de Fidel Castro.

El Cheche del Orbe pensó en ir al Claustro universitario, a la asamblea de estudiantes allí reunida, y pedir, exigir que se le permitiera hablar. Hacer como él siempre decía: "un análisis concienzudo de la actualidad política criolla". Y repetir frases de Mao, enarbolar a Ernesto Guevara; repetir militantemente, como un papagallo, las enseñanzas de Marx y Lenin. El Cheche quería hablar a nombre de los marginados. Quería decirle a los presentes muchas cosas sobre las casas sin letrinas, sobre las chozas detartaladas, sobre los estómagos vacíos, sobre los fogones apagados, sobre las enfermedades sin remedio. El estudiante quería hablar por lo que no tenían voz; por los miserables. Las asambleas del viejo centro de enseñanza formaban su auditorium, su desahogo. Pero las reuniones que se efectuaron eran tan anárquicas en su comienzo como en sus conclusiones.

En sus divagaciones, el Cheche se vio en los pasillos del Alma Mater teorizando sobre "cómo sacar a los gringos de Quisqueya cuando tumbaran al gobierno de turno". Planificando cómo administrarían la poderosa empresa norteamericana Gulf and Western, que desde comienzos del presente siglo opera y controla la provincia de la Romana en la vasta región oriental. Otra de sus grandes preocupaciones cuando desmantelaran el régimen era cómo iban los nuevos revolucionarios a hacerse cargo de la mina de oro. Hasta los soñadores más ilusos sabían, aunque por orgullo lo negaran, que no resultaría muy fácil administrar la Rosario Mining Company. Dicha empresa, tiene sus gigantescas instalaciones de procesamientos de oro en una de las minas más grandes del mundo localizada en las cercanías de Cotuí. También le preocupaba la Dominican Can Inc. ubicada en Santiago de los Caballeros. En fin, ¿quién se encargaría de administrar la Alcoa Exploration Company en la provincia de Pedernales?. ¿Quién elaboraría la estrategia de sabotaje para disminuir la producción de ferroníquel? Los estrategas seudo revolucionarios decían estar convencidos de que ésa era la única forma de impedir que la Falconbridge siguiera abriendo boquetes en las lomas de Bonao; destruyendo la naturaleza y disminuyendo la calidad de la vida de los residentes en la región. Aquel valle encantador que los indígenas llamaban Cipango. Paraíso quisqueyano que dejó petrificado de asombro, a Cristóbal Colón por su majestuosa belleza, quinientos años atrás.

Excitado como estaba siguió el estudiante pensando, mientras se secaba el sudor. Vio así las grandes maquinarias que ejecutaban los designios de los grandes proyectos, de las grandes multinacionales.

——"Así tiene que ser"—— Pensó como si estuviera convencido: "los gobiernos de los países subdesarrollados no pueden competir con las naciones que tienen dinero y poder".

El Cheche quiso agotar su turno con un solo deseo, condicionado a las pautas demagógicas de moda: "que al finalizar su discurso se le permitiera hacer como los demás compañeros que enterraban sus promesas proletarias. Envolviendo sus juramentos profesionales en la toga de graduación el día que terminaran sus estudios universitarios. Lanzándose tras los bolsillos de las personas que buscaran y pagaran sus servicios profesionales. Al fin de cuentas, los egresados están muy convencidos de que la ética profesional es abstracta y cada graduado la interpreta a su antojo. Como le venga en ganas para sus beneficios personales.

Por eso el Cheche se preguntaba medio confuso: — ¿Haré yo como algunos abogados que se niegan a presentarse en las cortes para defender a los inocentes porque no tienen recursos, ni enllaves políticos?

——¿Haría como los agrónomos que se resisten a subir a las montañas para enseñar a los campesinos a sembrar y a combatir la baja producción?

——¿Tendré yo que internarme en las clínicas y hospitales rurales para hacer mi pasantía médica? O por el contrario, ¿será mejor graduarme e irme en una yola hacia Puerto Rico con el diploma envuelto en una funda plástica para que no se moje? El estudiante estaba muy confundido, contrariado. El no sabía si seguir adelante, o volver hacia atrás.

El Cheche quiso gritar de nuevo, pero se acordó del dinero que su madre le había cogido al prestamista barrigón del barrio de San Carlos, situado en el mismo corazón de Santo Domingo, colindante con suburbios que hacen "frontera" con la Zona Colonial.

Este prestamista debió ser sepulturero ya que no perdía ni un solo entierro. Cuando moría alguien, el usurero era uno de los primeros en llegar para darle el pésame a los dolientes. También iba para recordarles su deseo de "cooperar" con los gastos de la funeraria. Siempre que estuviera de por medio el módico veinte por ciento de interés. Reiterándole a los familiares del difunto, que el dinero a rédito era contante y sonante, sin burocracia. Los responsables solo tenían que firmar un cheque en blanco para agregarle los intereses que se fueran acumulando junto al capital. Ese no era el único usurero porque en la vida de los dominicanos éste es un personaje típico, que nutre sus bolsillos de las necesidades ajenas. El prestamista es un ente tan común como los renacuajos que viven en las lagunas antes de convertirse en macos, en sapos. Como las sanguijuelas que se pegan impasibles y haraganas a chupar la sangre de sus víctimas.

Doña Justina del Orbe se convirtió en una víctima de la usura al caer en las garras del prestamista. Ella le prometió devolverle el dinero en dólares cuando su hijo comenzara a trabajar:

——"Despreocúpese, que tan pronto mi hijo llegue a los Estados Unidos y empiece a ganar dinero, le pagaré el capital y los intereses en papeletas verdes, como a usted tanto le gusta"—— afirmaba doña Justina al ambicioso negociante, quien no escondía el brillo de sus ojos de lagartija cuando pensaba en los dólares que recibiría de la optimista mujer. El panzudo comerciante la escuchaba atento. Tenía la camisa incorrectamente abotonada los pantalones por encima del ombligo. Parecía un payaso desfigurado. Mirándolo bien resultaba muy difícil creer que este hombre fuera tan rico.

Por su parte, el Cheche se halaba las orejas tratando de escuchar lo que pudiera, sin que se dieran cuenta, algo sobre las negociaciones de su madre con el prestamista de San Carlos.

Por última vez quiso gritar a todo pulmón. Pero se acordó de inmediato de aquella larga y tediosa fila que tenía que hacer diariamente desde tempranas horas de la mañana para alcanzar una porción de comida a las tres de la tarde. Se vio asimismo junto a ese montón de jóvenes universitarios vociferando con todas las fuerzas de sus pulmones: ––"Abajo el gobierno títere!

––¡Go home Yankis! Escuchando su propio eco en un coro desafinado que contestaba: ––¡Quisqueya unida, jamás será vencida! ––¡Esta lucha no se para ni con bombas ni con balas!

El estudiante se vio finalmente rodeado de sus compañeros, de sus camaradas. Parecían reptiles arrastrándose sobre las frías losetas de los anchos y oscuros comedores de la universidad más vieja del llamado nuevo mundo. Una construcción majestuosa hecha por el gobierno como un legado de burla a la posteridad intelectual de la nación dominicana. Exhibiendo una gigantesca tarja de bronce en la que se leen unas palabras doradas a medio borrar: "ESTA GRANDIOSA OBRA FUE CONSTRUIDA POR VOLUNTAD ABSOLUTA DEL PRIMER MAESTRO DOMINICANO, GENERALISIMO DR. RAFAEL TRUJILLO MOLINA, BENEFACTOR DE LA PATRIA Y PADRE DE LA PATRIA NUEVA".

El Cheche vio allí a sus compañeros "izquierdistas" gateando como guiñapos, sin poder erguirse. El y sus camaradas estaban cansados de tanto luchar con sus cuerpos y sus libros. Lo que era peor, se sentían abatidos ante la cruda realidad de la miseria económica que los afectaba junto al pueblo dominicano que tanto decían defender. El Cheche quiso expresar su rabia otra vez, pero la impotencia lo venció. Calló la voz de su conciencia. Tragó en seco. Se pasó la lengua por los labios resecos y cenizos. Se colocó de nuevo los lentes. Terminó por ahogar en sus entrañas las inquietudes y anhelos seudorevolucionarios que lo hacían vivir. Su meta era llegar a los Estados Unidos. Al país que tanto combatió.

Mientras tanto, Manuel siguió corriendo de un lado para otro. En su condición de jefe seguía dando las órdenes preliminares acerca de cómo llegarían a abordar la embarcación. Esta se aproximaba lenta y cautelosamente a la costa. El organizador del grupo no quería errores de ningún tipo al momento de embarcarse. No era supersticioso, pero ya era el comienzo de una día martes. Para colmo, la luna aparecía en el firmamento con una gigantesca mancha gris, atravesada por una raya negra. Esto hizo que Manuel recordara un episodio de unos cuantos años atrás. En ese entonces, navegaba en alta mar en un viaje de ilegales que fue retrasado en similares circunstancias. La embarcación en que viajaban repleta de indocumentados estuvo a punto de zozobrar en medio del Canal de la Mona. Quizá esto explique su irritación por el retraso en la salida. Los cálculos de este viaje hacia Puerto Rico habían sido previstos originalmente para el recién pasado domingo a la media noche.

La tensión y el nerviosismo comenzaron a ascender de nuevo en la mente de cada uno de los componentes de aquella aventura emigratoria. La fase más atrevida estaba a punto de iniciarse. Eran muchos los que, al decidirse a llevar a cabo la larga travesía, sentían una sensación de júbilo. Ahora, cuando se acercaba el momento de su encuentro con el Mar Caribe, comenzaban a sentir un pánico terrible. Aquel era un terror que aumentaba con el incierto vaivén de las enormes olas que mecían la embarcación de cedro y metal como si fuera un barquito de papel.

La alegría se había convertido en incertidumbre. Ese era el resultado del miedo causado por la sensación que experimentan las personas cuando están cara a cara con el peligro. Cuando se está a punto de entrar en contacto con lo desconocido. Pánico intenso que se sintetiza en una corta pero significativa frase, acuñada universalmente por la gente cuando dice que "una cosa es llamar al demonio y otra es el verlo llegar". Es el terror de enfrentarse a lo extraño, a lo misterioso. Este era un miedo aterrador como resultado de una confrontación inevitable con el imponente Mar Caribe. Los indocumentados estaban convencidos de que la batalla que iban a librar cruzando aquellas ochenta y seis millas era una realidad que podía terminar en un abrazo fatal con la muerte inesperada. Una muerte que acechaba y esperaba a sus víctimas porque se envalentonan y desafían los peligros del mar. Una muerte que tiene su morada permanente en las misteriosas profundidades de las tenebrosas aguas del océano. Es, sin dudas, una sensación de miedo, de incertidumbre indescriptible.

Pero esta no era la hora de dar ni un paso atrás. La suerte del grupo de indocumentados estaba echada. El temerario encuentro entre los hombres y el mar estaba a punto de iniciarse. Ese era un duro y desigual combate entre la naturaleza y el hombre, entre la supervivencia y la muerte, entre David y Goliat. Era una contienda librada en la oscuridad, teniendo como único testigo un cielo clarísimo y estrellado que engalanaba el escenario de la partida. Era un lugar estratégico de aquella playa oriental, bañada por una brisa cálida debido al cambio de estación de primavera a verano. En ese instante, tenso, transitorio, las agujas de los relojes marcaban con precisión las dos en punto de la madrugada del 22 de junio del año de 1984.

Los indocumentados se movían con inquietud en los momentos previos a subir a la yola que los llevaría luego a la embarcación mayor. La nave había sido anclada a unos trescientos metros de la costa porque la marea estaba muy inestable. No había tiempo que perder. Mientras unos apagaban los cigarrillos, otros tomaban apresurados las alforjas que contenían las pocas cosas que necesitaban durante el cruce de Quisqueya a Borinquen.

Don Juan Fermín Peña lucía muy calmado. El era el mayor del grupo. Estaba a punto de cumplir cincuenta años. Don Juan era oriundo de Montecristi, provincia situada en la Línea Noroeste, próxima a la frontera haitiana. De seguro que él también sentía mucho miedo porque el momento de la salida estaba cada vez más cercano.

Sin embargo, el temor que tenía don Juan Fermín Peña no era por su encuentro con el mar. El estaba acostumbrado al agua brava y revoltosa porque había nacido junto a una playa. El era lo que se llama, un buen nadador. Su mayor preocupación era por la suerte de su larga familia. Con dolor de su alma, se vio forzado a dejarla en Montecristi para irse a aventurar a lugares extraños. Tal y como lo hacen miles y miles de sus paisanos. El no era una excepción. Siempre decía:–– "Si los demás tienen derecho a buscar una vida mejor, ¿por qué no lo puedo hacer yo?" Pero lo cierto es que el temor, la incertidumbre, el odio y el amor son asuntos del alma. Por lo tanto, no cuentan con un equivalente físico con el que se puedan comparar. Esto explica el por qué de las diversas reacciones de los integrantes del grupo de indocumentados. Unos reían. Otros lloraban. ¿Qué los motivaba? Esos impulsos son producidos por las fuerzas abstractas en el interior del ser humano. Eran fuerzas invisibles. Como invisible era el desconcierto que proyectaba el emigrante linicro. Don Juan disimulaba muy bien el miedo. Pero presentía el peligro. ——"El diablo sabe más por viejo que por diablo."——así solía decir con mucha frecuencia. Su gran experiencia de tantos años junto al mar le hacía presentir que algo no iba a salir bien en el viaje que estaba a punto de emprender. Sin embargo, sus necesidades se imponían. El había pasado toda su vida trabajando. No recuerda en lo más mínimo haber saboreado el placer de un salario justo. Las empresas dominicanas pagaban un sueldo de miseria que apenas le alcanzaba para subsistir, y sufrir junto a su familia. Pero esta no era la hora de quejidos; mucho menos de echar hacia atrás.

El momento era propicio para darse ánimo contra el miedo. Era tiempo de reafirmar su decisión, su valentía, su coraje. Había que vencer todo tipo de temores si es que quería alcanzar la gloria; si quería triunfar en los Estados Unidos. Su esfuerzo sería compensado, por lo menos eso creía don Juan, cuando lograra llegar a la tierra del Tío Sam para luchar a brazo partido por el bienestar de su familia. Pese a su edad, don Juan se encontraba capacitado físicamente para efectuar la travesía y trabajar duro cuando llegara a territorio norteamericano.

Nunca había visitado a un médico. Sobretodo contaba con mucho ánimo para luchar y triunfar en cualquier terreno. Por esa razón reunió todos los ahorritos de su vida, vendió su casita y lo invirtió sin ninguna vacilación en ese viaje incierto. Jugándose el todo por el todo.

––La vida es así–– pensó. Uno reflexiona, piensa, medita cuando su mente es sometida a fuertes presiones, a grandes temores. Por primera vez en su vida se dio cuenta de que él también pensaba. Por ello se recostó junto al tronco del árbol que le había servido de sostén durante los dos días que llevaban esperando para zarpar hacia la Isla del Encanto.

Don Juan Fermín Peña se vio de pronto junto a su padre cumpliendo con una larga jornada desde el amanecer hasta el anochecer, en la compañía bananera The United Fruit International, también conocida como la Granada Company. Dicha empresa tenía grandes plantaciones en Manzanillo, Montecristi y Dajabón, junto a la frontera de Haití. El no podía olvidar a su padre. Era un hombre fuerte, musculoso, cortando guineos y cargándolos en sus espaldas bronceadas. En su mente está fija la memoria de su viejo chorreando el sudor de pies a cabeza en el corte bananero para llenar los vagones con el producto.

Pero lo más doloroso para Juan era ver partir el fruto de ese sudor tan copioso en el tren de carga que parecía más bien, un larguísimo reptil. Era como un enorme culebrón marcado con grandes sellos en inglés para la exportación. En los gigantes cajones de metal se leía: Made in USA. También vio a su padre junto a la cañada a donde solía ir para descansar del estropeo que le aquejaba. Mientras tanto, él llenaba los calabazos de agua que luego mitigaría la sed de los obreros de la finca guineera.

Desde que era muy pequeño, Juan servía como cargador de agua para la brigada a la que pertenecía su papá. Por su labor, ganaba un salario de quince pesos al mes. Allí oía las protestas de su progenitor quien sudoroso se secaba con un paño que debió ser de color rojo antes de que se destiñera por el excesivo uso que le había dado. Juan veía a su viejo furioso mientras refunfuñaba levantando el puño izquierdo a medio cerrar porque la mitad de la mano se la había cercenado un compañero en la plantación.

Ese fue un accidente que se pudo evitar. Ocurrió mientras cortaban bananas en un campo de marañas, de enredaderas y bejucales. Ambos hombres eran compadres de sacramento porque se habían bautizado un hijo recíprocamente. Juan era uno de los ahijados. El compadre jamás hubiese querido hacerle daño. La culpa la tuvo el capataz de corte. Ese malvado hizo que los trabajadores se pegaran demasiado para que no se perdiera ni un solo racimo de guineos. ––¡Adelante carajo; que no se puede quedar ni un solo guineo! ––Los gringos no quieren hombres blanditos, ni haraganes!

Así se escuchaba la voz del riguroso capataz de la plantación de bananas. Retumbando de cañada en cañada. Como si fuera un trueno diabólico, como si fuera una maldición. Las órdenes del capataz eran como los ladridos de un perro alcahuete que asusta a sus víctimas para complacer a su amo, quién le enseña, pero no le da, un hueso sin carne. Al capataz no le importaba para nada el peligro que corrieran los trabajadores bajo su mando. Por eso se le veía blandir una brillante escopeta marca

Remington. Como si quisiera meterle miedo a la peonada que comandaba en los campos de guineo.

Pese a que Juan no tenía mucha edad, él sabía muy bien que su padre protestaba contra los abusos de "los ojos azules", contra los americanos. El no sabía de letras. Es más, Juan no "conocía ni la o" como dicen para referirse a una persona analfabeta. Pero el era muy inteligente y había desarrollado una gran astucia. De ahí que él hacía como el ciego que compensa la limitación del sentido de la vista abriendo su entendimiento, su comprensión.

Escuchando los relatos de su padre, Juan aprendió de todo, incluyendo de política. A él lo oía hablar de la lucha contra la miseria, de las penurias de los obreros, de la represión contra los que se atrevían a hablar de protestas y de sindicatos.

Los gringos, los blancos, los de ojos azules que era como se les llamaba a los que administraban la industria bananera, tenían fama de ser muy estrictos con los obreros. Los jefes no querían oir ni siquiera media palabra referente a organizaciones sindicales. Al fin y al cabo, ellos eran los únicos "dueños" importados de los inmensos terrenos que ocupaban en las provincias de Dajabón, Montecristi, Santiago Rodríguez, Valverde Mao, y el municipio de Manzanillo. En toda la llanura de la vasta zona se consideraba un crimen muy serio protestar contra los patronos blancos.

Juan Fermín iba donde quiera con su papá. Si algo tenían en común era que los dos se vieron obligados a incorporarse desde jovencitos a los trabajos de la Granada Company. Los yankis entraron a la República Dominicana amparados por un contrato que, según los expertos, no era más que un chanchullo del gobierno de Presidente Rafael Trujillo. Al

Generalísimo no le interesaba tener confrontaciones con el gobierno Norteamericano. Los gringos lo habían colocado en el poder mediante unas elecciones amañadas, en 1930. Trujillo no quería obstáculos en sus planes de perpetuarse en el poder absoluto de la República Dominicana. Así lo logró y disfrutó por más de tres décadas. El había permitido que los norteamericanos mantuvieran su hegemonía en el este del país utilizando como base al Central Romana Corporation para el azúcar. Y la región noroeste para el lucrativo negocio de las bananas. Los norteamericanos habían entrado por todos lados del territorio dominicano como buitres que devoran una presa. Habían traído consigo poderosas maquinarias que vomitaban fuego en todas direcciones. Eran maquinarias con enormes uñas y tentáculos metálicos, que lo mismo abrían una zanja profunda, que desviaban el cauce de un río. Eran máquinas destructoras que arrancaban de cuajo los árboles centenarios de la región. Ahuyentando la fauna dominicana compuesta por diversos y coloridas especies que volaban despavoridas como resultado del humo venenoso de la combustión del aceite, el gasoleo y la gasolina. Ese era el precio de la civilización que llegaba.

Los monstruos de hierro iban destrozando a su paso los frondosos bosques que hasta entonces habían sido explotados con menos ambición. Así iba Juan Fermín oyendo con atención las palabras y relatos de su padre. Este miraba en todas direcciones para cerciorarse de que solo su hijo lo escuchaba. El viejo Peña esperaba talvez, que su hijo no tuviera que entrar en el futuro a formar fila en las plantaciones bananeras. Le asustaba verlo junto a aquellos obreros que sudaban gota a gota el salario de miseria que les pagaban.

El viejo Peña no tenía mucha educación. Pero tenía mucha visión. Por lo tanto, quería abrirle los ojos a su hijo Juan para que no se convirtiera en un explotado más de la compañía bananera.

Lo peor de todo era que los campesinos se veían obligados a venir a buscar trabajo en las plantaciones debido a que eran desplazados de sus conucos, de sus parcelas, a la buena o a la mala. Quisiéranlo o no. Una vez que se veían sin tierra para sembrar, se presentaban a las oficinas de reclutamiento de la Grenada Fruit Company. Venían a mendigar trabajo en la siembra, cultivo, corte y embarque hacia el extranjero del fruto de sus propias parcelas. A pesar de que eran porciones de tierra que habían labrado con el sudor de sus frentes de generación en generación.

––¡Que barbaridad! ––¡Que ironía del destino ésta que estamos viviendo! ––¡Ahora nos encontramos esclavizados sin cadenas en nuestras propias tierras! ––Protestaba el viejo Peña en voz alta para que su hijo lo escuchara.

De brinco en brinco, de salto en salto. Juan iba detrás del padre. Llevando los calabazos de agua fresca para saciar la sed de la brigada de trabajadores. Sus saltos no eran torpes. Saltaba para evitar los tropezones de sus pies descalzos con las piedras y las espinas de moriviví que tanto abundan en los caminos del Cibao. Juan Fermín también saltaba cuidándose de no tropezar y romper un pequeño envase que llevaba al cinto, amarrado especialmente, para el capataz de la compañía. El capataz era un hombre muy temido por todos por ser, chivato, chotero y bochinchero. Era un calié, un agüisote, un tumba-polvo a quien todos llamaban "El corcho" porque nadaba en todas las aguas; se ponía del color del palo como el camaleón.

Aunque llevaba varios años trabajando con los americanos, su posición de capataz de corte la había conseguido por tener una lengua viperina. Siempre terminaba delatando ante los patronos a cualquier trabajador que se atreviera a mostrar el más mínimo descontento con la administración de la compañía ó a mencionar la palabra sindicato. En la finca bananera ya era un secreto a voces que un obrero se desapareció como si se lo hubiese tragado la tierra. Su delito fue beber demasiado ron y vociferar en un cafetín de mala reputación, "que los trabajadores de la guineera estaban siendo explotados por los gringos". El capataz se convirtió en juez y policía y no tuvo la más mínima piedad con el desafortunado borracho. Hasta los perros lo odiaban después que se supo lo que le pasó al borracho de Navarrete. Ninguno se atrevió a decir nada porque los obreros le tenían más miedo al capataz "que el diablo a la cruz".

Si Juan Fermín Peña tropezaba y dejaba romper el calabazo que contenía el agua del jefe, le esperaba un doble castigo. En primer lugar, recibiría una pela de quince a veinte latigazos semi-desnudo, por parte de su papá. El segundo castigo sería mucho peor para el jovencito, ya que perdería la mitad del salario que devengaba en la quincena por su labor de suministrar agua a los trabajadores de la finca.

En la línea noroeste el trabajo de los aguateros es ejercido casi siempre por menores de dieciséis años. Los cargadores de agua son de vital importancia para las brigadas porque esos son lugares desérticos. Los aguateros conocen como las palmas de sus manos, los lugares en donde se puede encontrar el preciado líquido. También son muy preferidos los mozalbetes por su agilidad y destreza para recorrer largas distancias, sin agotarse, en menos tiempo que los adultos. Ellos son como las tuberías ambulantes que conducen el agua para que los trabajadores no mueren de sed.

El papá alargaba los pasos y su hijo trotaba detrás para alcanzarlo. A veces, se quedaba rezagado; jugando con las mariposas y los pinchones de picaflor que revoloteaban inquietos alrededor del muchacho. Parecía como si quisieran invitarlo a levantar el vuelo para que huyera de la realidad a un mundo de ensoñación infantil. Pero Juan Fermín apuraba el paso trotando como si fuera un potrico con aspiraciones de llegar a ser corcel. El muchacho no quería perderse ni una sola palabra que proviniera de su progenitor. Padre e hijo eran como la uña y el dedo. Eran inseparables, por lo que habían desarrollado una relación estrechísima. Siempre andaban juntos porque, en vez de ir a la escuela, Juan Fermín acompañaba a su padre a las faenas agrícolas, desde que tenía uso de razón.

El Sol había calcinado la tierra. Ese día había sido tan ardiente y caluroso como lo habían sido todos los días de ese mes de junio de 1945. Un mes completo transcurrió sin que cayera una sola gota de agua; ni siquiera para remedio.

——¡Que barbaridad! ——Exclamó el padre. ——Si no apuramos el paso, llegaremos tarde al chucho donde se para el tren.—— Creo que se nos va a ir la cigüeña.

El viejo Peña seguía conversando solo mientras Juan lo escuchaba. ——"Los gringos no quieren que usemos animales para transporte dizque porque se comen las hojas de guineo. Pero lo que más me duele es que esos malvados no quieren que nos montemos en los trenes cargados de bananas. Antes lo permitían. Pero después del fatal accidente los jefes prefieren que pasemos la noche en los matorrales como si fuéramos animales despreciables.

—Estoy casi seguro que ésas son cosas del Padre Sarmiento que habló con los administradores para que no volvieran a morir tantos obreros. Y la desgracia ocurrió el último Viernes Santo. Ese día se mataron nueve trabajadores cuando se volcó el tren. Este venía repleto hasta el tope de racimos de guineos y de peones agrícolas. —Si no fue por la intervención del padre José Sarmiento ¿por qué se iban a preocupar los dueños de las plantaciones de la suerte y las vidas de unos cuantos hombres? ¿Qué les importaba a ellos la suerte de las viudas y de sus hijos huérfanos por la muerte del padre? —En todas las plantaciones hay tragedias que lamentar. —Antes nos caíamos de los mulos y los caballos. Nos picaban las cacatas venenosas. —Nos chupaban la sangre las sanguijuelas en los reguíos, en los cañaverales, en los arrozales. —Ahora nos despedazan las enormes maquinarias que fueron introducidos con fiestas y bebidas dizque porque traerían progreso, bienestar, civilización".

El papá de Juan Fermín seguía hablando solo. Hablaba en voz alta porque se hallaban en campo abierto. En aquel lugar no se avistaba ni un alma en varios kilómetros a la redonda. Pero el muchacho, que se había adelantado un poco al padre en el camino, se subió a un promontorio de caliche de unos veinte metros. Este era un pequeño cerro artificial levantado por tractores y palas mecánicas cuando abrían los inmensos zanjones por donde pasarían las vías ferroviarias. Juan interrumpió a su padre diciéndole:

—¡Papá! ¡Papá! —¡Ya viene el tren! —¡Corra papá, que nos deja!

Los dos avivaron el paso para llegar primero que la locomotora de carga al pesaje de la plantación bananera. Tras correr el último trayecto desesperadamente, llegaron al lugar con la lengua afuera. Al papá le faltaba el aire. Para su edad, la distancia que corrió sin parar era muy larga.

El padre y el hijo llegaron cabeza con cabeza con la gigantesca máquina de metal. Allí fueron testigos silenciosos del desplazamiento, del culebreo del monstruoso carguero. Los pitazos insistentes del largo tren parecían quejidos que imploraban clemencia, lástima ante la pesada carga de guineos. Los bananos llenaban los vagones hasta el tope, hasta la coronilla. Cada racimo iba chorreando un líquido baboso en donde el afilado machete había cercenado el cuello que lo unía a la mata, de un solo tajo. Vagón tras vagón fueron pasando frente a los curiosos ojos del pequeño Juan Fermín, quien a pesar de no saber de letra, había aprendido a contar..."once, doce, trece,...veintitrés,...treinta y uno..."

El último de los vagones fue el que más le llamó la atención porque venía lleno de guineos maduros. Aunque no lo comentó con el papá, Juan Fermín quedó completamente seguro de que los racimos amarillentos serían distribuidos en las casas de los mayordomos y jefes de las plantaciones. Era allí en donde los había visto exhibiéndose para ser digeridos como postre de sobremesa. Para el entendimiento y los ojos vivarachos del muchacho, las manos de guineos de un amarillo encendido se usaban para adornar las mesas, junto a los demás alimentos. Juan Fermín lo había notado cada vez que le echaba el ojo a las suculentas cocinas de los mandamás.

Los pitazos de saludo del maquinista fueron contestados por el viejo Peña quien, por medio de un señal del chuchero, fue alertado para que esperara la cigüeña. Esta venía detrás recogiendo al personal de campo porque ya la noche estaba por caer. Así divagaba Juan Fermín Peña junto al árbol que le servía de recodo. De repente sintió algo extraño. Se sintió acompañado por alguien al que no podía ver. Recordó a su padre. Por primera vez en su vida lo sintió cerquitita, cerquitita. Su mente siguió volando, veloz. Eliminando los episodios que no valía la pena recordar en ese momento tan tenso, tan crucial, tan decisivo, Juan Fermín Peña recordó su niñez con amargura. Es que él no tuvo infancia ni pubertad, ni juventud porque pasó de niño a adulto.

Este hecho dejó una enorme zanja sin llenar en su vida. Ese vacío en su formación le causó una marca indeleble, imperecedora. Su única diversión consistía en recoger guineos en canastas y silbar al unísimo con el chillido de los rieles recalentados por la fricción. Mientras tanto, sus curiosos ojos seguían, sin pestañear, el trayecto de la locomotora. Juan la seguía, y la seguía. La seguía con su mirada fija hasta verla desaparecer cuando doblaba en la curva del cerro. Dejando atrás como rastro, como evidencia del modernismo y la tecnología, una humareda oscura y pestilente. En la lejanía se escuchaba el eco del pitido lastimero de sus enormes pulmones mecánicos, alimentados con leña y carbón.

Juan Fermín permanecía aún recostado, apoyado al tronco del árbol. Apagó. un grueso cachimbo casi medio lleno de un aromático tabaco que apenas había comenzado a fumar. Respiró profundo. Sacó un rosario de cuentas que llevaba junto al pecho debajo de la camisa. Se quitó el sombrero. Levantó el crucifijo al cielo. Luego lo besó, mientras meneaba los labios. Era un movimiento muy raro, muy extraño. Lo

mismo podía ser un Padre Nuestro o un Creo en Dios
Padre que una imprecación a la Mar Caribe que se movía
intranquila a la espera de que la embarcación, con su carga
humana, comenzara a romper las olas, como el arado al
abrir el surco. En aquel éxtasis transitorio, el pensamiento
de Juan Fermín voló y voló. Llegó a su tierra. Vio la carreta,
los bueyes, el arado y los reguíos en los inmensos campos
de arroz de la comarca. Pensó en su familia: tres hembras y
tres varones. Reflexionó acerca de sus diez años de soledad
y viudez. Por primera vez sacó tiempo para pensar en el
sacrificio de su difunta esposa. Madre abnegada, compañera
fiel hasta la hora de la muerte. Juan Fermín Peña vio a la
tierra sangrando profusamente cuando el filoso arado la
penetraba sin compasión. Abonándola para que diera frutos.
En ese momento, Juan Fermín estaba transformado. Se veía
erguido. El árbol ya no le servía de apoyo, de sostén. Los
labios le temblaban. Sus manos sudorosas apretaban con
mayor intensidad el crucifijo. Cuando se encontraba en este
momento tan sublime, los brincos torpes de un sapo tropical
y el chirrido de una chicharra asustada lo hicieron volver en sí.

MAÑANA

MAÑANA:
Cuando mi corazón disminuya su fluente palpitante...
Cuando el rocío matinal se agote
Y el trinar del ruinseñor se sienta agonizante;
Cuando el viento embrujante cruce los cielos;
Y las aves de rapiña circunden a su presa en escena horripilante...

MAÑANA:
Cuando las víctimas inocentes condenen a sus victimarios
Y las cosas realistas suplanten a las incipientes
Cuando el sabor de la amargura sea más intenso
Y la llama fulgurante consuma las entrañas de falsos y pedantes...
Cuando las aguas bravías repletas de venganza;
Arremetan contra el muro del destino tambaleante.

MAÑANA:
Cuando mi vida esté en escala descendente...
Ahí estará mi alma vigilante.
Y la energía de mi espíritu con su espada de combate;
Al acecho de esos buitres y farsantes!

Félix Darío Mendoza

LA SALIDA

En la nave se apagó la tenue luz. Se encendió y se apagó de nuevo. La perfección del juego de luces se pareció al ritmo empleado por la marcha de la patrulla militar que los había atemorizado. La señal fue clara. Manuel dio la orden. De inmediato, el primer grupo, que se encontraba en un cerrito ubicado a la izquierda frente al mar, comenzó a moverse sigilosamente hacia la playa. Parecía un escuadrón de entrenadas tropas. Daban la impresión de pertenecer a un grupo élite de una organización militar que se avalancha con cautela, pero con gran decisión y valentía, en procura de un objetivo común.

Un cuarto de horas más tarde, el jefe envió otra señal. Rápidamente comenzaron a salir de unos matorrales hombres encorvados como el grupo anterior. Ellos obedecían a las órdenes, a las instrucciones que se habían dado para evitar, a como diera lugar, la posibilidad de ser vistos. Los emigrantes estaban perdidos si eran descubiertos. El temor de los ilegales era que fueran atrapados por algún militar recluta con ambición de un ascenso en su insatisfactorio rango castrense.

Para prevenir ser descubiertos, Manuel era un hombre muy riguroso. No cedía ni un ápice, ni siquiera una pulgada en cuanto a la pequeña valija que se le permitía llevar a quienes se embarcaban en la odisea de sus viajes clandestinos para abandonar la isla. Los paquetes voluminosos o bultos pesados eran prohibidos por instrucciones del organizador. Estos impiden que los viajeros se muevan con la rapidez requerida para agilizar la salida del país, y obstaculizan el desplazamiento en las playas en las que desembarcan. En ese sentido, Manuel siempre se mostraba muy preocupado por el hecho de que, según afirmaba, ––'Los que piensan salir ilegalmente no deben hacer como el makey, que donde quiera que va se lleva la casa encima". Y añadía a seguidas: "Yo no sé lo que piensan los dominicanos cuando emigran. Parece como si se fueran de mudanzas. Para el más corto viaje se quieren llevar todo lo que tienen".

Por eso, solo permitía como equipaje en sus viajes clandestinos, una porción de comida para tres días. La comida era suficiente para cubrir el tiempo previo a la salida así como la estadía en alta mar. Como vestimenta, el jefe no aceptaba más que una remuda por cada pasajero que incluía unos pantalones, una camisa y un juego de ropa interior. Los únicos zapatos que aceptaba eran los que los viajeros llevaban puestos durante la travesía.

Cuando el tercer grupo apenas comenzó a avanzar bajo las órdenes de Manuel, se acercó a él un individuo que venía corriendo en dirección contraria. Era un marinero que traía un importante mensaje del Capitán de la embarcación. Al encontrarse ambos se originó una acalorada discusión cuando éste le comunicó al jefe de los indocumentados que el comandante de la embarcación estaba "como el diablo de bravo". El Capitán le había mandado a avisar al organizador del grupo que la embarcación no estaba capacitada para cargar a tanta gente en un solo viaje. Mientras que Manuel, quien también estaba como un ají picante, le ripostó al marino: ——¡Ve y dímele a Jimmy que no me joda! ——¡Que yo le dije a él bien claro que tuviera en el punto convenido a tiempo! ——La cita era para el domingo a las 12 de la noche! ——¡Ya casi es martes y me viene ahora con la vaina de que no pudieron enviarme un barco de mayor capacidad! ——¡Quítate del medio del camino, carajo! Le voceó rabioso al asustado mensajero, quien corrió como alma que se lleva el Diablo hacia la embarcación. Al mismo tiempo, Manuel ordenaba a los ilegales que siguieran avanzando para subir a la yola. Así imponía Manuel la rigurosidad, decisión y rudeza que imprimía a los viajes de indocumentados que, desde hace varios años, organizaba en la República Dominicana. Las siluetas de los indocumentados corrían hacia la embarcación dejando atrás, como testigos mudos, las sombras fugaces de sus cuerpos. Los contrastes de las figuras deformadas se proyectaban por un instante en la noche bañada por una luna brillantísima.

Manuel y sus dos ayudantes fueron los últimos en subir a la embarcación. El organizador del grupo que se dirigía hacia la Isla del Encanto, avanzó de inmediato hasta el lugar donde se encontraba el Capitán de la nave. Este se hallaba en la cabina de mando junto al timón de la misma. La discusión continuó allí su agitado curso. Los ánimos de ambos hombres se iban caldeando, mientras cada uno quería imponer su propio criterio. Ahora se estaba produciendo un encuentro frente a frente entre la cabeza intelectual del grupo de los viajes clandestinos y el comandante de la nave, cuya misión era llevarlos sanos y salvos al destino convenido. Era un cara a cara entre el hombre que piensa, prepara y organiza un viaje clandestino con todas sus consecuencias, y el Capitán de la embarcación, cuya experiencia y audacia de navegante es sometida a dura prueba cada vez que se lanza a desafiar las inclemencias del tiempo. Cada vez que se enfrenta a los misterios que provienen del peligroso Mar Caribe. Para ambos hombres aquella era una dura batalla. Era como una contienda cuya victoria y satisfacción solo se saborea cuando se ha pisado en tierra firme. Cuando se ha cruzado, para allá o para acá,.el Canal de la Mona.

Jimmy La Fontaine, Capitán de la embarcación, era un hombre robusto, de ojos azules y saltarines. Su piel era dura como la de los reptiles que se exponen por mucho tiempo a la intemperie, a la lluvia, al sol y al sereno. Su barba era blanca, descuidada, rocosa. Su cabello era duro y rizado, chamuscado por los efectos del sol.

El pelo le cubría casi por completo sus grandes orejas. En intervalos simétricos, la fuerte brisa ensalitrada, le iba levantando la profusa cabellera arrubiada, dándo la impresión de un dios griego con intenciones de injuriar. El llevaba más de treinta años como marino. No sabía hacer otra cosa. Jimmy miró a Manuel con disgusto, cuando éste le impidió que alcanzara una botella de un fuerte ron haitiano conocido como Clerén o tafiá. El mismo se fabrica y se vende en la clandestinidad en algunas islas caribeñas.

——¿Cuál fue nuestro contrato? ——Díme Jimmy; ¿cuál fue nuestro compromiso? ——Nosotros acordamos cero bebida alcohólica y mucha puntualidad. ––Y no me venga con la vaina esa de que somos hispanos, y que por tanto estamos autorizados para llegar a la hora que nos venga en ganas. Y con visible molestia añadió a seguidas: ––Ahora que nos dejaste aquí a que nos lleve el Diablo, es cuando vienes con ese cuento de que la embarcación no puede transportar el grupo a Puerto Rico.

Sin inmutarse para nada por las imprecaciones proferidas por Manuel, Jimmy hizo un segundo esfuerzo por alcanzar la botella de licor. No lo logró porque Manuel se interponía, frustrando sus intenciones, de darse un trago de ron. Mientras se mojaba los labios con la lengua, el Capitán le ripostó a Manuel con la paciencia asiática que lo caracterizaba: ––Yo solo cumplo órdenes de los jefes y tú lo sabes más que nadie. ––Me enviaron a Samaná a una misión sorpresiva. Nos agarró un mal tiempo. Por eso estoy llegando a estas horas. ––Tú me conoces muy bien y sabes que por mi culpa no hay falla. –– Además tu sabes bien que el mandamás de la ruta de viajes no quiere que llevemos gentes en exceso en este barco. Al Jefe lo que le interesa es el dinero que viene del otro lado porque las cajas de ron no pueden hablar. ––Esas cien cajas que tú ves ahí van para Saint Croix. ––Señaló el Capitán.

Después que dijo esto Jimmy miró para todos lados. Una tos seca se hizo cargo de él porque se dio cuenta que uno de sus ayudantes estaba abajado haciendo las conexiones de la frecuencia de radio que iban a emplear en alta mar. El marinero pudo haber escuchado la conversación. Y esos eran negocios entre los "grandes".

Cuando logró tranquilizarse el Capitán La Fontaine le dijo a Manuel:

——Si tú quieres hacer el viaje así, nos vamos.

——¡Ya yo estoy pago hace muchos años! ——Nadie me espera, ni en el este ni en el Oeste; ni en el Norte, ni en el Sur; ni aquí ni allá. Así es que no hay pena, Manuel.

——¡Pues nos fuimos carajo! Que este viaje no va a ser ni el primero ni el último—— apuntó Manuel con firmeza.

El motor de la vieja embarcación que había sido encendido, comenzó a rugir esta vez con más intensidad. Mientras tanto, el Capitán, tras ordenar el levantamiento del ancla, comenzaba a maniobrar timón en mano para alejar la nave de las fuertes olas. El inestable oleaje amenazaba con empujar la embarcación hacia las rocas que se levantaban desafiantes en la accidentada costa del Mar.

Gracias a la pericia de Jimmy La Fontaine, y a la fuerza de los motores, la embarcación pudo romper las embestidas rugientes del oleaje que la arrastraban hacia los peligrosos y filosos arrecifes. De esa manera se abortó el posible naufragio de la nave, que salió victoriosa hacia la alta mar, con su carga humana en abierto desafío al temido y furibundo Canal de la Mona.

Todo el que conocía a Jimmy La Fontaine, incluyendo al propio Manuel, sabía que éste había nacido para la vida del mar. De Jimmy se decía en alabanza a su gran destreza, que el era un lobo de mar que no necesitaba brújula para navegar. Jimmy había nacido en la proximidad de San Pedro de Macorís. Al Capitán le nacieron los dientes correteando en los muelles de esa ciudad oriental de la isla La Hispaniola. San Pedro de Macorís fue una ciudad de gran actividad marítima durante la Segunda Guerra Mundial. Jimmy era el único hijo de una puertorriqueña y un marino mercante. Ambos habían

venido a residir en la ciudad de La Romana al comienzo de
la década del 1930. Su padre era de ascendencia holandesa y
había nacido en la isla de Aruba. A las personas como Jimmy
La Fontaine se les llaman "cocolos" porque son una mezcla de
extranjero nacidos en la República Dominicana.

Los que le conocían decían que Jimmy era un hombre bueno
de los pies a la cabeza. Era un cocolo de corazón generoso.
El se quitaba el pan para dárselo al que lo necesitaba. Sus
únicos defectos consistían en ser un marino aventurero desde
que tenía uso de razón; y gustarle exageradamente el alcohol.
Pero lo primero era lo predominante. Este había acumulado
una larga experiencias desempeñándose como grumete de
barco desde que tenía unos catorce años. Su contrato con el
mar quedó sellado cuando fue escogido como el benjamín
al servicio de la tripulación de oficiales del barco Coamo.
El Coamo cumplió largos años de travesías en los mares
caribeños, recorriendo todas las antillas, así como gran parte
de los puertos mundiales desde el inicio del presente siglo.
Fue allí en donde Jimmy La Fontaine comenzó a conocer
el mundo marítimo. Con frecuencia contaba alegremente
sus vivencias y hazañas en el entonces gigantesco barco, que
fuera uno de los pioneros de la navegación en la República
Dominicana. Jimmy tenía razón. En el Coamo no solo había
vivido y aprendido a trabajar. También había aprendido a
tomar licor, y a fumar grandes pipas de tabaco. Esa era una
costumbre legendaria de los capitanes y altos oficiales que vio
pasar en los veinte años que duró sirviendo en la embarcación.
Esas pericias, frutos de la experiencia, lo habían colocado
al frente de la nave que hoy comandaba. La Esperanza II,

cuyos viajes clandestinos habían sido tan numerosos como fructíferos.

La Esperanza Segunda venía cargando indocumentados hacia las islas caribeñas y los Estados Unidos de América desde que se iniciaron las emigraciones masivas desde la República Dominicana. Como se trataba de un Capitán muy astuto, Jimmy alternaba los viajes de indocumentados, transportando cocos de un puerto para otro. Claro está, que eso era tan solo una pantalla, un camuflaje. Cuando no llevaba indocumentados, llenaba las bodegas de la embarcación con cajas de diferentes rones y cigarrillos para venderlos de contrabando.

El comandante de la Esperanza Segunda había evitado durante muchos años, ser capturado por las temidas guardias costaneras. El Capitán La Fontaine se había burlado, hasta ahora, de la vigilancia de los guardacostas de los países a los que llegaba por la ancha puerta del mar. Cubriendo así sus cargas ilegales con las tinieblas de la noche. Su hoja de trabajo, escapando y evadiendo a las autoridades, hubiese sido impecable de no ser por un contratiempo que tuvo en el puerto de Cap Haitiene.

Jimmy La Fontaine vivía con una hermosa haitiana que residía en las cercanías del muelle de aquella ciudad. La República Dominicana había sido invadida por los marines norteamericanos y habían tomado el control de todos los muelles del país. Las embarcaciones que entraban y salían de los puertos eran examinadas de arriba abajo. Esta no era la mejor época para la labor contrabandista a la que se dedicaba Jimmy La Fontaine. Fue entonces cuando recibió permiso de sus jefes para irse por un tiempo a traficar entre Jamaica,

Aruba, Curazao y Haití. En Port-Au-Prince conoció a Marie Denise. Jimmy se enamoró perdidamente de ella. Como el padre de la joven mujer tenía un atracadero privado en el Puerto de Cabo Haitiano, Jimmy se sintió como "el pez en el agua." Allí lo tenía todo. Incluyendo a la mujer con la que había soñado. Pero como la dicha del pobre dura poco, una madrugada lo apresaron en su casa sin que lo estuviera esperando. Los hombres que lo capturaron se identificaron como miembros de la Policía Secreta de Haití. Lo llevaron directo al barco que capitaneaba. Una vez allí, le colocaron un contrabando de cigarrillos, jabón y un ron sin etiqueta llamado Triculí. Luego de recibir una golpiza de los tonton-macouts, que lo dejó casi inconsciente, terminó por aceptar que él era el dueño de las mercancías. El prisionero se salvó de un juicio sumario porque el padre de Marie Denise era un influyente diputado del Gobierno duvalierista. El Capitán Jimmy fue traído con más sogas que un andullo en calidad de deportado al puerto dominicano en la bahía de Manzanillo.

Antes de que la Policía haitiana lo dejara en libertad, hicieron que Jimmy jurara una y mil veces que jamás se acercaría a las costas del vecino país. Aunque el apresamiento fue seguido de serios cargos de violar las leyes de Haití, de conspiración contra el presidente François Duvalier y de contrabando de mercancías controladas, para Jimmy La Fontaine la orden vino de otro lado. A él no había quien le quitara de la cabeza que su desgracia se debió a que el Jefe de la Marina de la Isla de la Tortuga le quería quitar la mujer. Sin poder apartar a Marie Denise de su pensamiento, llevándola entre ceja y ceja, el Capitán Jimmy La Fontaine iba sufriendo por doquier, ocultando su frustración en las bebidas alcohólicas.

A nadie le cabía duda que el Capitán Jimmy La Fontaine conocía las costas del continente Americano y las islas antillanas mejor que cualquier ingeniero de la cartografía moderna. El sabía con detalles los escondites para evadir la vigilancia de las autoridades y el mal tiempo. Ambos elementos son compañeros inseparables de quienes se dedican al tráfico de indocumentados, enfrentándose a las embravecidas aguas del tenebroso Mar Caribe. De su habilidad se decía con sabor a leyenda: "Jimmy La Fontaine cuando está embriagado capitanea mejor que un vikingo bueno y sano."

Fue por la confianza en el Capitán Jimmy que Manuel no sintió el más mínimo temor cuando éste dio la orden de zarpar. Una orden que la tripulación obedeció al pie de la letra. Mientras tanto la Esperanza II rompía el oleaje como si abriera un surco en la tierra para sembrar la semilla que daría frutos más tarde o más temprano.

Era pasada la media noche, cuando Jimmy llamó a un marino de su tripulación para que le sustituyera. El Capitán quería que su ayudante se hiciera cargo de la dirección de la nave que ya había fijado la proa hacia el Occidente de la Isla de Puerto Rico.

—¡A sus órdenes mi Capitán! —¿Ves esas estrellas allá en lo alto? —¿Las ve bien, pendejo? —¡Sí, sí mi Capitán! —Las veo claritas, claritas, señor! Respondió presto el marino. —Esas son las que forman la Osa Mayor. —Pues mantén la nave en esa línea. —Y dile al mecánico que baje a la casa de máquina a darle un vistazo a los motores porque hay un rodamiento que no me suena muy bien. —Yo me voy a recostar un par de horas. —Mantén la embarcación a esa velocidad pues con esta carga tan pesada podemos tener serios problemas. ——Lo que es peor, podemos irnos a pique cuando suba la marea una vez que lleguemos a los Cuatro Vientos. ——¡Y deja los nervios esos para cuando estemos en la orilla! ¡Canto'e cobarde!

El marinero escuchó atento las órdenes de su Capitán quien lo miraba sin pestañear como el que busca una señal de flaqueza en la obediencia de su subalterno. El marinero obedeció medio tembloroso. Se aferró al timón de mando de la nave. Listo para cumplir la misión que se le encomendó.

Con esta advertencia a su ayudante y convencido de que él haría un buen trabajo, el Capitán dejó caer su pesado cuerpo en un catre que se hallaba en la esquina de la cabina de mando. De esa forma permitió que sus sueños, tan inestables como las aguas del mar, emprendieron su vuelo. Era un vuelo de escape, un revoloteo de libertad absoluta en su mente marinera. Cuando apenas habían transcurrido unos minutos, Jimmy La Fontaine cayó rendido por completo como resultado del cansancio que le había producido la fuerte tensión de la partida. Allí quedó el veterano navegante, sumergido, entregado por completo a un sueño que se profundizaba más y más por los efectos del fuerte ron haitiano llamado Clerén. El clerén o tafia tiene un poder anestesiante.

En el ambiente se respiraba un fuerte olor a pez, a yodo y a salitre. El aire era cálido, pero el runrunear del motor rompiendo el agua para abrirse paso, incitaba al sueño. Y en efecto, casi todos dormían a esa hora en las Esperanza Segunda.

La que se mantenía en vela era Marina de la Cruz. Su memoria iba y volvía. Reconstruyendo episodios de su vida que ya eran tan solo recuerdos. Marina recuerda a su hija de ocho años y al varón de seis. Los ve jugando en un columpio improvisado con un neumático de camión, que terminó su último viaje en un taller de chatarras. Los ojos de Marina de la Cruz se balanceaban hacia atrás y hacia adelante, formando una media-luna como la que hacía el columpio: subiendo y bajando; bajando y subiendo. El juego del columpio había sido colocado en el patio de la casa de su tía a donde había ido a parar junto a sus dos hijos, después que su marido la abandonó. Pedro Ventura la conquistó. La engañó. La dejó sin explicación. Como dice la gente: sin más para acá, ni más para allá. El la había conquistado cuando ella era muy jovencita, pintándole pajaritos en el aire. Prometiéndole "villas y castillas".

––"Talvez, ––creía Marina,–– que Pedro no se marchó de su lado por falta de amor. Quizás lo hizo, por el temor y la incertidumbre que produce la incapacidad de proveer lo que la familia necesitaba."

Dentro del recuerdo que le produce el sufrimiento, Marina de la Cruz no dá cabida al odio ni al rencor por el abandono de su amado Pedro Ventura. El hombre que la amó apasionadamente. Lo seguía amando, a pesar de que la dejó sola cuando ella más lo necesitaba. En su corazón no cabía el odio porque el sufrimiento le había anestesiado el alma. Su madre había muerto de cáncer cuando era apenas una muchachita. De su padre no tiene muy claros recuerdos pues tenía cinco años cuando éste desapareció sin dejar el menor rastro. Eso ocurrió en el otoño del 1959. Nunca más se volvió a saber de él. Desde entonces, han corrido los rumores de que fue asesinado por sus ideas políticas en contra del Gobierno del Generalísimo Rafael Trujillo. Para ese tiempo la dictadura trujillista se hallaba en su etapa más represiva.

Las lágrimas de Marina seguían rodando en un torrente interminable. Mientras tanto, ella miraba hacia la lejanía infinita del horizonte, imaginario, inalcanzable.

Solo el vaivén de las olas le hacían despertar por un instante de sus recuerdos, de sus sueños. Marina volvía en sí para verse de nuevo en una embarcación repleta de hombres con un mismo lenguaje pero con una variedad de aspiraciones y propósitos en la realización de aquella travesía. Marina soñaba despierta. Ella no quería dormir por temor a caer en el trance de revivir las horribles pesadillas de su vida pasada. Esperaba despierta, al menos eso creía, y su único plan era llegar a Puerto Rico. Luego pasaría a Nueva York para trabajar duro con el objetivo de brindar seguridad y educación a sus dos hijitos. De no ser por los amargos recuerdos que como puñales clavaban su alma, Marina se hubiese mantenido soñando y recordando. Recordando y soñando. Suspirando por las estrellas, por el mar y por la vida.

——¡Traigan "berrón" y una pastilla!

——¡Corran que se muere!

Se oyó una voz que demandaba ayuda con desesperación para un viajero que se había mareado.. Era el estudiante que comenzaba a vomitar desesperado. Por desgracia, le había tocado ser la primera víctima de las que sufrirían los frecuentes mareos y vómitos que se padecen mientras se está navegando. El alboroto que se formó fue tan grande que algunos despertaron sobresaltados. Muchos pensaron que se había iniciado una trifulca entre los dos indocumentados que comenzaron a beber ron desde que salieron a navegar. Nadie sabe cómo pudieron los pasajeros ingeniársela para ocultar las botellas de alcohol. Toda vez que uno de los ayudantes de Manuel los inspeccionó uno por uno. La situación volvió a calmarse unos minutos más tarde cuando las convulsiones que sufría el mareado fueron controladas por el "berrón" que se le frotó en la barriga. El sobo que se le dio al Cheche del Orbe surtió un rápido efecto porque estaba acompañado de una toma de limón con sal y una pastilla para contener los vómitos que produce el sube y baja de la marea en alta mar.

Marina de la Cruz siguió pensando acerca de lo primero que haría cuando llegara a tierra firme en los Estados Unidos. ––"¿Qué será de mí si me atrapasen? ––"¿Cómo le explicaré mi situación legal a la gente de Inmigración si me descubren?"

Se preguntaba a sí misma, cuando sintió el peso de una mano que se posaba sobre su hombro. Con gran sorpresa se volteó, encontrándose con la figura varonil de Manuel quien le preguntó a seguidas: ––¿En qué piensas a estas horas? ––Hace un rato largo que te vengo observando aquí solita. ––Creo que tienes algún problema muy grande que te atormenta; ¿no es así?

Ella no respondió. Pero, aparentando una calma que no tenía, con mucho disimulo, dejó de llorar. La penumbra de la noche y la escurridiza luna que ya descendía para ocultarse al otro lado de la tierra, fueron los únicos testigos del llanto y el sufrimiento que la embargaba. Fueron horas tormentosas y cruciales aquellas que habían arropado el alma de mujer de Marina de la Cruz. Manuel la tomó por el brazo. Esta vez lo hizo con mayor firmeza, ayudándola a descender hasta su camarote. El la llevó para que descansara de la tensión y el cansancio que ya le había producido el tedioso viaje al extranjero. El jefe del viaje clandestino le había cogido mucho cariño a Marina de la Cruz. Un afecto que venía acompañado de respeto y admiración. Al igual que Manuel, todos le habían tomado cariño a esa mujer. Quizás, lo hacían por su condición de ser la única en ese grupo de indocumentados.

El tiempo voló. Ya eran como las cuatro de la madrugada cuando Manuel tuvo que acudir con urgencia a la parte trasera de la embarcación. Allí se acababa de producir otro alboroto que parecía una algarabía, un "rebulú". Era el estudiante que, por segunda vez, se había enfrascado en una acalorada discusión con dos compañeros de grupo. La bulla iba subiendo de tono y Manuel se puso como una fiera de bravo. Le llamó la atención de inmediato al gritarle a los revoltosos: ––¡Miren carajo! ¡Ya les dije que no quiero trifulcas en ese viaje! ––Parti'a e'pendejo! ––A los que quieran pleitos los voy a tirar yo mismo al agua! Y mirando fijamente al estudiante, con los ojos sobresaltados, como dos brasas de candela le dijo: ––¡Recuerda que ya te mareaste una vez!. ––Te puedes caer al mar. ––Así es, que no me jodas la gente con la vaina esa de política. El estudiante fue cambiando de color a medida que escuchaba las amenazas del jefe de los ilegales quien le tenía los ojos clavados al decirle: ––¡Que sea la última vez que yo te llame la atención! ––¡Tú pareces que no escarmientas! ––¡Vagabundo!

Esta vez, el estudiante universitario permaneció en silencio ante la gravedad de las advertencias de Manuel. Fue así como contuvo sus impulsos y enmudeció por completo. Esta fue la mejor decisión para él. Lo hizo por su propio bien. Manuel no comía relajos y podía hacer realidad sus amenazas. Viendo que el Cheche no respondía y que la piel se le fue poniendo ceniza del miedo, Manuel se alejó del lugar de la pelea. Iba echando todo tipo de maldiciones debido a la rabia que le habían hecho coger los revoltosos. Salió directo hacia el sitio donde se encontraba el Capitán Jimmy. Ya había retomado el mando de la embarcación, tras haber dormido más tiempo del que originalmente se había propuesto.

La penumbra de la noche comenzó a ceder al alba. La claridad del sol comenzaba a salir en el horizonte. A medida que subía la marea, la embarcación empezó a sentir aún más los efectos de un oleaje en crecimiento.

Por lo poco que se podía escuchar de la conversación que sostenían Manuel y Jimmy, se podía concluir que todo marchaba dentro de lo normal en la Esperanza II. Aparentemente, todo estaba bajo control. Los incidentes que hasta el momento se habían presentado entre los pasajeros se podían considerar como "pecata minuta" para empresas tan complicadas y peligrosas como lo es, la emigración clandestina. El tráfico de ilegales hacia el extranjero es un negocio con grandes intereses económicos envueltos. En la organización de esas travesías que realizan los indocumentados desde la República Dominicana, siempre ha habido muchos "peces gordos y muchos peces flacos". Cada quien quiere sacar su tajada del jugoso beneficio que producen. Tanto Manuel Díaz Amador como Jimmy La Fontaine eran las piezas visibles en el tablero como se dice en el lenguaje de los jugadores de ajedrez. Los jefes invisibles eran como tiburones que arrancan el mayor pedazo a sus víctimas y se alejan a toda velocidad a la espera de otra oportunidad para llevarse el siguiente tajo, para dar la otra dentellada.

Esa es la razón por la que ha resultado una labor casi imposible para las autoridades dominicanas, apresar a los cabecillas del lucrativo tráfico de indocumentados. Todo el mundo sabe que ellos son muy peligrosos; tienen un gran poder. Eso nadie se atreve a negarlo.

——No hay novedad.—— Pensaban ambos para sus adentros. Ya llevaban varias horas navegando y no habían avistado ningún peligro de importancia. Jimmy, a veces jocoso, a veces taciturno, empezaba a hacer chistes para entretenerse, para matar el tiempo. El hablaba sobre un barco fantasma que su ayudante dice haber divisado cuando se hizo cargo de la embarcación en alta mar. Para Jimmy La Fontaine, las embarcaciones fantasmas de las que tanto hablan los marineros, son fruto de la alucinación que producen la tensión, y la inexperiencia. Estas son como las visiones que experimentan los que viajan por extensos disiertos. Como los soldados que pasan mucho tiempo sin dormir. Son una consecuencia de la fatiga a la que se someten los marineros, cuya vida transcurre principalmente en los mares y océanos del globo terráqueo.

Manuel, por su parte, escuchaba al Capitán de la nave como el que quiere y no quiere. Tan solo lo escuchaba. Sin ponerle mucha atención a la jocosidad del experimento navegante. Por momentos, sonreía sin mostrar los dientes, con los labios apretados. La sonrisa de Manuel era de cumplimiento. Lo hacía para seguirle la corriente al Capitán y para disimular su preocupación. No había duda de que el organizador del viaje ilegal estaba presente en cuerpo, pero su mente estaba en otro mundo. Era evidente que su pensamiento estaba en otra cosa.

Aunque Jimmy La Fontaine se dio cuenta, prefirió callarse para evitar que el jefe se descontrolara.

El jefe de la travesía parece que presentía algo inusual, extraño. Manuel Díaz Amador era un tipo muy bronco. Extremadamente inquieto durante la organización, desarrollo y culminación en todos los viajes clandestinos que había realizado hasta el momento. Sin embargo, ahora se veía tranquilo, distraído. Mirando fijamente hacia la lejanía. Más calmado que de costumbre. Fue por esa razón que el Capitán de la Esperanza Segunda al verlo así, no hizo ningún comentario. Y prefirió por el contrario, darse un trago largo, largo, largo, y otro más.

EL NAUFRAGIO

Estaban ya acercándose a un sitio conocido en el lenguaje marítimo como "Los cuatro vientos." En esa zona localizada, en el mismo centro del Canal de la Mona, ocurre un fenómeno submarino muy peculiar. Los accidentes abundan en los estrechos que separan las islas situadas dentro de las demarcaciones comprendidas en el misterioso y célebre Triángulo de las Bermudas. Los peligros que se tienen que enfrentar en aquella región marítima del Caribe están basados en que las islas antillanas de Cuba, La Hispaniola y Puerto Rico forman la hipotenusa del misterioso triángulo geográfico.

Por la peculiaridad que tiene esta área en la ocurrencia de accidentes de grandes y pequeñas embarcaciones, son muchos los que se atemorizan y se les erizan los pelos. Embarcaciones de todos los tamaños han desaparecido sin dejar la menor señal. En torno a esos hechos se han tejido incontables historias, arropadas de misterio y realismo. Muchos expertos en la materia creen que este es el único lugar en la tierra que tiene las características de tragarse barcos y aviones sin dejar, ni arrojar, la más mínima señal de lo ocurrido.

Los Cuatro Vientos es un sitio que todos los marineros experimentados quieren evitar a como dé lugar. Para ellos, es un punto de convergencia de enormes corrientes submarinas que proceden de los cuatro puntos cardinales. La turbulencia de esta región le pone los pelos de punta a cualquiera. La piel se le eriza como si fuera el cuero de una gallina. Es allí en donde se juntan el Océano Atlántico con el bravucón Mar Caribe. Los casos raros, inexplicables, en esa zona datan de los tiempos previos a la llegada de los españoles. Según se cuenta, los habitantes de las islas que Cristóbal Colón definió como indios, le tenían mucho miedo al Canal de la Mona y le guardaban respeto absoluto. Es allí en donde se forman los temidos ciclones que devastan sin piedad las tierras firmes.

Los indios atribuían este fenómeno atmosférico a la furia del Dios de la Lluvia. Era así como los indígenas llevaban a cabo sacrificios de seres humanos, arrojando las víctimas escogidas al Mar Caribe para apaciguar la furia de los dioses. Tanto el Triángulo de las Bermudas como los Cuatro Vientos han originado diversas teorías para las cuales aún no se tiene una explicación científica definitiva. Lo cierto es que los humanos, sean de la raza que sean, temen a lo desconocido, a lo misterioso.

Jimmy La Fontaine, a pesar de su valentía y experiencia, cada vez que cruzaba por Los Cuatro Vientos, se sentía más curioso, pero, más atemorizado. Esa región era su punto débil, la que lo hacía temblar. Cuando surgía una conversación acerca de Los Cuatro Vientos en el Canal de la Mona, a Jimmy se le secaba la garganta. El no lo podía evitar. El Capitán de la Esperanza Segunda no había logrado olvidar aún una tragedia que le pasó junto a su tripulación. Hace unos cuantos años sufrió un fatal naufragio mientras navegaba por el Canal de los Vientos de Jamaica. Allí se produce un fenómeno muy parecido al del Canal de la Mona. En esa ocasión, mientras se hallaba en las aguas internacionales de Cuba y Haití, su embarcación tuvo que ser remolcada por un barco cubano que por suerte se encontraba en la zona. La nave quedó casi destruida y a la deriva al ser abatida por unos sorpresivos y violentos sacudiones. Los equipos de la embarcación no registraron mal tiempo alguno en aquella área. A la hora del accidente, la marea estaba normal y la atmósfera clarita como el cristal. Repentinamente, las aguas se alborotaron. Entonces, se formaron grandes remolinos de agua como si una boca gigantesca estuviera soplando desde el fondo del mar. El Capitán perdió una carga de cocos y dos marinos mercantes que fueron tragados por las turbulentas aguas sin dejar rastros. Si no hubiese sido por los grandes daños que sufrió la nave, nadie lo hubiese creído. Para la gente resultaba inverosímil que una carga de cocos tan grande junto a dos hombres de mucha experiencia como marineros mercantes se desvaneciera de esa forma. Era increíble que el incidente tuviera efecto a plena luz del día, en una forma tan misteriosa, sin dejar rastro de ninguna especie.

La experiencia y astucia del Capitán La Fontaine, así como la eficacia de los miembros de su tripulación, formaban una combinación perfecta con la temeridad. A esto se unía la ambición y las agallas de Manuel Díaz Amador en la preparación de sus viajes clandestinos. Tanto él uno como el otro eran como "la uña y el dedo", como la horma al zapato. De esa manera, tan unidos como estaban, podrían resolver todos los contratiempos que se presentaran en aquella aventura emigratoria.

A pesar de los frecuentes mareos, vómitos inesperados de algunos pasajeros y una u otra discusión entre ellos, todo marchaba bien. Las cosas iban viento en popa en la Esperanza II. La nave tenía su proa puesta hacia la parte occidental de la Isla de Borinquen. Se encontraba ahora en la mitad de la ruta a pocas horas de Puerto Rico. La embarcación seguía su ruta a la velocidad establecida. Sin embargo, con el avance del tiempo, el oleaje alcanzaba gran altitud. La Esperanza II subía y bajaba. Bajaba y subía hasta encaramarse en el lomo de las gigantescas olas, para luego descender estrepitosamente a un nivel que parecía no tener fondo. Los viajeros sentían que las tripas se les volteaban, parecía que el estómago se les iba a salir por la boca. Por unos instantes pensaban que la nave no volvería a surgir de aquel abismo marítimo.

——¡Que nadie se mueva de su sitio! ——Ordenaba el Capitán de la Esperanza Segunda. La carga era muy pesada. La madera crujía por los efectos de la turbulencia de las aguas. Mientras tanto, los tripulantes corrían zigzagueando en los pasadizos de la nave. Al mismo tiempo, se abrían paso entre las personas, sujetándose de un lado a otro para cerciorarse de que todos los equipos de la embarcación se hallaban en su lugar.

El pánico se había adueñado de muchos de los pasajeros. Algunos sacaban rosarios, escapularios, imágenes de San Cristóbal, Santa Bárbara, y la Virgen del Carmen. A todos ellos se les atribuyen misiones salvadoras, protectoras de los viajantes. Muchos de los ilegales lanzaban pedidos de compasión y clemencia al Todopoderoso y a los santos del trono celestial en aquella hora angustiosa. Otros balbuceaban en voz baja. Con los labios temblorosos repetían lo primero que le llegara a la mente porque el miedo se iba apoderando de todos ellos.

Pero Juan Fermín Peña sacó fuerzas de donde no tenía y se incorporó con firmeza. En voz alta, empezó a imprecar a los mares con el rezo de la oración llamada "la Magnífica", porque sirve como último recurso, para calmar la turbulencia de las furiosas aguas. Aunque en algunos casos el rezar no es suficiente, muchos lo hacían porque tenían mucha fe. Muchos veían con asombro la valentía de Juan Fermín. Escuchaban su voz como si quisiera competir con el murmullo ensordecedor de los rugientes ventarrones. Estos parecían presagiar y pronosticar la llegada de una tormenta con su sinfonía diabólica. Dentro de la confusión, otras voces de algunos viajeros atribulados por el terror gritaban desesperados. Estas no se podían distinguir con claridad debido a la bulla que reinaba en la Esperanza II. Los viajeros lanzaban toda clase de conjuras, de epítetos, de maldiciones contra los responsables de que ellos estuvieran metidos en medio de esta desgracia tan grande. Cada quien buscaba un chivo expiatorio para echarle la culpa en este momento tan crucial.

——¡Maldita sea la hora en que yo me metí en este lío!——

——Juro por mi familia, por los diez muchachos que dejé en el barrio de Gualey que si salgo con vida, me vengo y le arranco los..."——

El estallido de un trueno en la cercanía no dejó oir la última parte de esta conjura.

Los vientos se estaban volviendo cada vez más violentos. Las paredes de la nave crujían y crujían; como si fueran a despedazarse. El cielo comenzó a ennegrecerse con el paso de cada minuto. Los indocumentados estaban atribulados.

Una combinación de niebla y lluvia en el firmamento empezó a inquietar más al comandante de la Esperanza II. Jimmy La Fontaine comprendió que el peligro había aumentado en vez de disminuir. Ya no era tan solo el problema causado por el fuerte oleaje a lo que había que temerle. Había que tomar muy en cuenta el hecho de que estaban cambiando los elementos y creándose las condiciones climatológicas que amenazaban con hacer trizas la Esperanza Segunda.

——Estoy casi seguro que hay un mal tiempo en el litoral.——

——Tiene que ser que que se ha formado una tormenta inesperada y no la hemos captado en la radio debido a la gran interferencia de los rayos que están cayendo.—— Así le dijo en un tono muy preocupado el Capitán La Fontaine al organizador de la aventura. El Capitán Jimmy La Fontaine ya no encontraba oposición cuando se llevaba la botella de ron a la boca. Los tragos eran cada vez más largos, largos, largos.

La comunicación radial de la embarcación era muy débil. A duras penas se podían escuchar los pronósticos e instrucciones de la Radio Internacional de Meteorología acerca de la sorpresiva tormenta tropical que recién estaba naciendo. "Tronadas fuertes. Aguaceros repentinos..." Así decía una y otra vez el aviso de último minuto alertando a las pequeñas embarcaciones que se hallaban en la región.

Pero la Esperanza II no caía dentro de esa categoría. La carga de la nave era bastante pesada. En cambio, Jimmy confiaba en la consistencia del material con que estaba construida.

Confiaba también, en que cualquier fallo de la embarcación podría ser compensado con su propia capacidad para enfrentarse a situaciones como éstas. El Capitán, la tripulación y el propio Manuel se habían visto corriendo peligro en diferentes momentos durante sus travesías en el mar. Jimmy tenía muchos conocimientos prácticos para enfrentarse a los contratiempos.

Desde antes de zarpar de la playa de Miches en la República Dominicana, Jimmy sabía que el tiempo no estaba en condiciones muy favorables para realizar el viaje a Puerto Rico. El presentía algo. La razón de su duda estaba basada en que en la madrugada había avistado un movimiento inusual en los tiburones que merodeaban el área. Los demás peces lucían excitados, desconcertados como si estuvieran presintiendo por encima de la capacidad de los seres humanos para entender estos tipos de fenómenos naturales. Pero lo que más desconcertó al Capitán de la embarcación fue el hecho de que los peces habían seguido la nave, y sobrepasado el límite del recorrido que, con frecuencia, efectúan los escualos al paso de una embarcación que ha invadido su territorio acuático. Por primera vez en la vida, el Capitán sentía miedo. El motor que había mandado a revisar lo mantenía aún preocupado por el ruido que producía una de las cajas de bolas. Su intuición de experimentado marinero le decía que algo andaba mal en aquella travesía, en cuyo inicio se había producido una cadena de contratiempos: el mal tiempo en Samaná, la tardanza en la salida y, por último, el fallo en uno de los motores de la nave.

En el plan de viaje, Jimmy y Manuel habían acordado alterar la ruta porque las que habían seguido en viajes anteriores estaban "muy quemadas", muy usadas. Ellos no querían confrontación alguna con las autoridades que no pudieran sobornar.

En los últimos días se habían efectuado algunos cambios entre los jefes de la Guardia Costera dominicana. En esos días hubo un escándalo sobre corrupción y soborno entre las autoridades y los traficantes de indocumentados. El incidente aún estaba sonando en los noticieros nacionales e internacionales. Había denuncia de que algunos oficiales permitían que salieran del país clandestinamente las embarcaciones que pagaban sus cuotas en dinero. Por eso, habían tomado la decisión de viajar en autobús por tierra. De esa manera llegarían hasta Higüey por carretera en lugar de hacerlo directo a Puerto Rico saliendo de las playas de Samaná como lo habían hecho antes.

Tanto Manuel como Jimmy tenían razón. No han transcurrido aún dos meses desde que varias embarcaciones habían naufragado en esa región porque las autoridades les dieron salida. Dicen que si les dieron "el visto bueno", fue porque pagaron grandes sumas de dinero. Las embarcaciones no podían con tanta carga ni con tantas personas. Por eso naufragaron a pocas millas de la costa. Toda la prensa del país estaba hablando aún de la enorme tragedia que dejó decenas de ahogados y desaparecidos que, según se cree, fueron presas de los tiburones que abundan en las aguas orientales. La prensa estaba atenta. Las autoridades dominicanas, también. Todos tenían los ojos puestos en aquella zona por lo que pudiera pasar. Tenían que ser muy escurridizos si querían burlar, a la prensa y a las autoridades. En estos días se seguían de cerca todos los pasos que dieran los organizadores de viajes ilegales.

Aunque la Esperanza II era de mayor calado, y con modernos equipos para la navegación, ni Jimmy ni Manuel querían correr riesgo alguno que se pudiera evitar. Estos eran muy cautelosos. A ellos ni les convenía ni tampoco querían llegar de noche a las costas de la isla borinqueña por razones de seguridad. El Capitán prefería acercarse durante el día y mantenerse navegando en los alrededores del lugar del desembarco. Para él era de vital importancia esperar pacientemente la oportunidad de tocar tierra en la costa puertorriqueña. Su interés era aprovechar que la marea estuviera en su nivel más bajo. De esa manera, disminuirían los peligros para los pasajeros. Jimmy sabía muy bien que muchos de ellos no sabían nadar lo suficiente para llegar con vida a tierra firme si las olas y la profundidad estaban en su contra. Ese era un truco que al Capitán Jimmy La Fontaine le había dado muy buenos resultados. Durante el día navegaban disfrazando la embarcación con banderas americanas y puertorriqueñas. Al anochecer se iban acercando a la costa para ubicar el punto más conveniente, con el menor riesgo. El desembarco se hacía con mayor precisión y los pasajeros se sentían más seguros. La Esperanza II tenía las mismas características de los barcos y yates pesqueros que salen de Puerto rico en la madrugada y vuelven al caer la noche para atracar. La sospecha de las autoridades de la costa se reducía. Los percances con la policía puertorriqueña se disminuían considerablemente.

Sin embargo, como dice la canción, "la vida nos da sorpresa..." Eso fue lo que le pasó al grupo de indocumentados cuando fueron sorprendidos en medio de uno de esos cambios bruscos de la naturaleza. Era una rabiaca del Mar Caribe que se convirtió de repente en una mortífera tormenta tropical tras iniciarse como un ligero remolino. Allí estaba la Esperanza II. Atrapada con su carga humana en el mismo centro del ojo de una tormenta. Esta aún no había sido bautizada con ningún nombre porque nació como un aborto de la naturaleza, antes de tiempo.

La nave se encontraba batallando en el medio de este monstruo natural que aumentaba de categoría minuto a minuto.

Parecía un brioso animal que se agigantaba endemoniado, mientras el grupo de ilegales era mecido como si fuera en una batidora, dentro de la fragilidad de la embarcación. La Esperanza II comenzaba a verse cada vez más empequeñecida, más impotente.

No era tiempo ya de pedir ninguna clase de auxilio. Con la fuerza, la intensidad y la rapidez con que crecía la tormenta, era totalmente imposible lanzar un S. O. S. a las embarcaciones y puertos cercanos. Total, con aquellas condiciones climatológicas, nadie escucharía. Si lograban comunicarse era un suicidio enviar una cuadrilla de rescate al lugar de la emergencia. Había que esperar a que ocurriera un milagro. Ni siquiera era tiempo de rezar, ni de pedir perdón por los pecados cometidos en situaciones menos tumultuosas. Tampoco había tiempo para imprecar a los dioses responsables de este fenómeno de la madre naturaleza. Por el contrario, era más bien tiempo de agarrarse, de asirse. Aferrarse a lo que quedara más cerca de uno para impedir que las lengüetas de agua salitrosa se los llevara. Para que no los barriera como si fueran livianas pajas secas de la cubierta de la nave. Había que luchar con uña y dientes contra la turbulencia para impedir que las aguas espumosas se los tragaran para siempre. Era tiempo de evitar ser halado hacia las profundidades del océano, hacia lo infinito de aquellas aguas tumultuosas. Ya no era tiempo de pensar, de reflexionar. El pánico que cundió entre los viajeros se hizo cada vez más insoportable. Ya nadie gritaba. Muy pocos gemían. Quizás se habían convencido de que nadie los escuchaba en el medio del Canal de la Mona, en el mismo corazón del Mar Caribe. En el centro de una tormenta en crecimiento, agrandándose segundo tras segundo. Las tronadas se intensificaron. Los elementos básicos que dan la vida también la quitan. Esta era una trilogía infernal de agua, viento y fuego, acompañada de destructoras descargas eléctricas que chispeaban en todas direcciones; alumbrando fugazmente la tiniebla que cubría los cielos. La Esperanza II había sido seriamente dañada a consecuencia de las embestidas y sacudiones del mar encolerizado. El mástil o palo mayor que se podía usar con los vientos y las velas, fue arrancado de cuajo. Los motores dejaron de funcionar cuando la casa de máquina de la embarcación fue inundada. Jimmy La Fontaine seguía aferrado al timón. Lo hacía atónito, petrificado ante los daños que había sufrido su embarcación. El veterano marino miraba hacia la lejanía de los cielos que fustigaban con fuertes ventarrones y enormes oleajes a la Esperanza II. Aunque ya el timón no le servía para nada porque la nave se hallaba a la deriva. Las averías sufridas habían destrozado todos los mecanismos de control de la embarcación. Las roturas en las paredes interiores iban abriéndose más y más con cada sacudión. Las brechas, las hendiduras en las paredes cedían a la presión del agua salitrosa. El Capitán sabía que la tragedia estaba allí, junto a aquella embarcación sin rumbo, atrapada en la mitad de un Mar que eruptaba desde su vientre un rugido aterrador. Jimmy La Fontaine miraba fijo injuriando a todos los responsables invisibles de aquella odisea. La mirada de sus ojos azules chocaba con las luz de cada descarga eléctrica, que descendía amenazante sobre las aguas a poca distancia de la embarcación. El capitán sabía que solo un milagro los salvaría de este trance. Por eso había cesado en dar órdenes a su tripulación.

El ruido de los truenos era ensordecedor. Cada estruendo parecía como un aviso, un presagio de terror, de pánico de muerte. Las tronadas que se repetían con insistencia, una detrás de la otra, parecían estallidos de poderosos cañones que descargaban sus balas fulminantes con una puntería magnifica. El cielo estaba oscurísimo. Las destructoras descargas eléctricas chispeaban en todas direcciones; alumbrando, presurosas, la tiniebla que cubría el firmamento.

Por su lado, Manuel Díaz Amador había descendido a la parte baja del barco para confortar y tranquilizar a los viajeros que aún le escuchaban. Dándole un vistazo al grupo de indocumentados, el cuadro era tétrico, conmovedor. Muchos estaban inmóviles; más asustados que cuando se hallaban en tierra firme, escondiéndose de las patrullas costaneras. Ahora estaban petrificados por el terror. Encerrados, acurrucados unos con otros; como aturdidos porque estaban seguros de que lo que se avecinaba era lo peor. El pavor era colectivo en los rostros de los indocumentados. Nadie se movía de su sitio mientras la embarcación crujía y se tambaleaba ante las embestidas de las gigantescas olas. La nave se mecía a merced de la tormenta. Estaba fuera de control porque la corriente la había puesto a la deriva desde que las averías dañaron el sistema de dirección. La angustia de los pasajeros se leía en los ojos. Parecían muertos en vida, traspuestos, como si fueran zombíes.

Las cosas habían cambiado en la Esperanza II: Marina de la Cruz no hacía más preguntas. Manuel Díaz Amador ya no dada sus rigurosas ordenanzas. Don Juan Fermín Peña ya no pensaba con profundidad en sus azaroso pasado. El estudiante Cheche del Orbe dejó de protestar. El Capitán Jimmy La Fontaine ya no contaba con su astucia y pericia que lo habían caracterizado. El control de la Esperanza II estaba perdido, al garete. La proa de la nave apuntaba lo mismo al Norte que al Sur; al Este al Oeste, a la izquierda, que a la derecha. Había que esperar un milagro en este grave momento.

El panorama dentro de la embarcación era pavoroso, desolador, deprimente. Los atemorizados viajeros estaban perplejos, estupefactos. La nave iba sin rumbo fijo, dando volteretas en todas las direcciones como si fuera una yegua encabritada. Ya no había un Norte a seguir. La Esperanza II se movía de acuerdo a la dirección en que quedara cada vez que era lanzada desde el lomo, desde el caballete de las gigantescas olas del tumultuoso Mar Caribe. La tormenta estremecía los cielos con ruido estrepitoso lanzando sus lengüetas de agua y fuego en todas direcciones. Así iba el fenómeno castigando severamente a la embarcación, atemorizando a los indocumentados. Los daños eran irreparables. La nave se iba llenando de agua por los boquetes que se abrían uno tras otro cuando los golpes de las corrientes la embestían sin ninguna misericordia. La naturaleza había sido implacable con los atrevidos pasajeros. En medio de aquella confusión resultaba imposible distinguir los gemidos lanzados por algunos viajeros aterrorizados que no se resignaban a creer que todo estaba perdido para ellos. Claro está, que la mayoría de los ilegales ya habían aceptado que todo se había derrumbado en el viaje clandestino. Algunos seguían lanzando pedidos de misericordia a los elementos. Lo hacían sin comprender que estos son inclementes. Especialmente, con aquellos que se atreven a desafiar las fuerzas implacables de los cambios bruscos que ocurren en el misterioso vientre de la madre naturaleza. Las lamentaciones de los viajeros iban acompañadas de plegarias y de promesas de arrepentimiento. Pero las respuestas de los santos a sus oraciones no se podían percibir porque sus voces eran acalladas, estranguladas por el ruido de los truenos y la furia de los ventarrones.

Esos minutos parecían largos siglos para los infortunados viajeros. Estaban como si fueran reos condenados a la espera de la ejecución en la la antesala de la muerte. En su pavor fueron testigos de la experiencia más aterradora. Para colmo de males, el ambiente estaba enmarcado por un cielo completamente ennegrecido. El aire se iba haciendo cada vez más y más pesado, irrespirable, asfixiante. A penas podían soportar aquella situación tan tensa, tan desesperante, tan angustiosa.

El Capitán Jimmy La Fontaine seguía asido al timón. Pero él más que nadie estaba convencido de que el aparato le servía de poco, puesto que los mecanismo para dirigir la nave estaban dislocados, al garete. Su misión era permanecer en su puesto. Al fin de cuentas él era el Comandante de la Esperanza II. Además sabía las reglas, las leyes, los mandamientos de la institución marítima: el último que se baja de una embarcación en peligro es el Capitán.

Jimmy La Fontaine sabía muy bien que su presentimiento se había cumplido porque la tragedia había llegado.

> *La autocrítica reflexiva*
> *es el mejor antídoto contra*
> *el veneno de la*
> *reincidencia.*
>
>   F.D.M.

Las horas pasaron vertiginosamente tras el fatal naufragio de la Esperanza II. Los cadáveres de los que no fueron devorados por los tiburones se veían esparcidos, regados en el recodo de una pequeña playita en la vecindad de Aguadilla. Algunos cuerpos inertes eran llevados y traídos, a merced del vaivén de las olas a muy poca distancia de la costa del litoral. El panorama era desolador. Los resguardos, las medallas, los crucifijos, una que otra fotografía de algún ser querido con la dedicatoria medio borrada y los zapatos sin pies boyaban en desorden a merced de las olas, que se movían con menor intensidad porque la tormenta había amainado. Esa escena horripilante la completaban algunas piezas de vestir que habían sido desgarradas, arrancadas de los cuerpos. De esa manera, un litoral playero tan bello como el que había en las costas de Aguadilla se había convertido de repente en un sitio desolador, horrible, tétrico. Era francamente inconcebible, que tanta inversión y sacrificio hecho por los indocumentados para emigrar hacia la Isla del Encanto se hubiese perdido en tan corto tiempo. Lo peor del caso es que la gran mayoría no pudo pisar la tierra que los atrajo, que los deslumbró. El lugar presentaba una escena dantesca.

Los residuos de la que fuera La Esperanza II estaban desparramados por doquier. Los pedazos de la embarcación y las ropas sin cuerpos empezaron a reubicarse en un mismo litoral, en un mismo punto. Como si existiera una fuerza extraña que los atrajera, que los juntara. Era como un esfuerzo vano, infructuoso, de fuerzas misteriosas por reconstruir la destartalada embarcación. Como si con ello se quisiera rehacer a La Esperanza II y a su carga humana. Como si existiera una varita mágica para revivir a los muertos. Eso era imposible porque los daños no se podían reparar. Todo estaba perdido.

La naturaleza había sido implacable, inmisericorde. Ni Dios ni los santos habían sido clementes con los osados náufragos. El reto que se contrae al cruzar el Canal de la Mona es muy costoso. El precio que se paga por la osadía de desafiar las aguas embravecidas del Mar Caribe es extremadamente alto. Para los sobrevivientes de la tragedia y para los familiares de quienes perdieron a sus seres queridos resultará muy duro volver a juntar peso a peso, dólar a dólar para rehacer, para reponer los ahorros de toda una vida. Aunque al fin y al cabo, los bienes materiales no son tan importantes. Lo más importante es que miles de personas como los pasajeros de la Esperanza II, han muerto y desaparecido en sus intentos por llegar a la Isla del Encanto desde la República Dominicana. Sin embargo, para las víctimas del hundimiento de la Esperanza II, esta era una reflexión tardía, innecesaria.

La labor de rescate emprendida luego del desastre por la autoridades puertorriqueñas había sido casi imposible y

prácticamente infructuosa. Eso era debido al mal tiempo que
aún reinaba en el área de Aguadilla.

Ya la noche había caído. Marina de la Cruz se encontraba
asida, aferrada a un pedazo de madera que le servía de salva-
vida. Estaba entre viva y muerta. Por momentos sentía que
sus fuerzas le fallaban. Pero su apego a la vida era un enorme
reto, un compromiso desesperado. Era una necesidad que la
hacía luchar hasta el último minuto. Esta no era su hora de
morir. Sacó fuerza de la desesperación, y como pudo, se fue
acercando a la playa hasta que sintió que sus pies estaban
tocando tierra.

Sin lugar a dudas, esta había sido para Marina de la Cruz
una jornada fatigosa que le produjo una tensión abrumadora
como resultado de la tragedia y de sus inauditos esfuerzos para
escaparse de la furia del Mar Caribe.

Dando traspiés y faltándole la respiración, Marina de la
Cruz, logró arrastrarse y gatear encorvada para salirse de
la playa. Estaba desesperada por alejarse de las incesantes
olas que en su vaivén le tocaban las piernas como queriendo
llevársela de nuevo hasta sus profundas entrañas. Parecía como
si alguna fuerza poderosa quisiera llevarla al lugar a donde
habían ido a parar muchos de los que integraban el grupo de
ilegales. Esos quisqueyanos que salieron desesperados detrás
de una aventura económica sin saber que jamás volverían a
ver lo que dejaron en su amada tierra.

II

EN MEDIO DEL SUEÑO

EL RESCATE

Hasta el momento no se sabía con certeza cuántas personas habían logrado sobrevivir al fatal naufragio de la Esperanza II. Aunque en desastres como éste, que con frecuencia ocurren en las costas de la Isla de Puerto Rico, casi siempre la mayoría de los indocumentados perece. Ya sea porque se apagan los motores en alta mar, ya sea porque la embarcación comienza a llenarse de agua debido al exceso de pasajeros que viajan en ella. Por esas razones, Manuel había acordado utilizar embarcaciones de mayor calado como la Esperanza II. Aunque ello implicara el pago de una suma superior a la que pagan quienes se lanzan a cruzar el mar en frágiles yolas. La mala suerte golpeó con rudeza a los ilegales que viajaban en la Esperanza II, siendo destrozada por esa inesperada tormenta tropical. La nave había sido reducida a escombros. Esta no era ni la última ni la primera tragedia marítima ocurrida a embarcaciones dominicanas. Muchos quisqueyanos son reclutados diariamente para arriesgarse, empujados por las penurias que sufren en su país.

Otros criollos pertenecientes a distintas profesiones son forzados a hacer grandes inversiones en estos viajes, atraídos por la abundancia que se les proyecta a través de los medios de comunicación. Hay un gran número de emigrantes cuyo anhelo mayor es verse envueltos en gruesas cadenas de oro, desplazarse en lujosos vehículos y, si la suerte los acompaña, llegar a ser dueño de una flamante mansión con parábola y todo, en las zonas urbanas reservadas, tradicionalmente, para la gente blanca, de abolengo, de dinero y de poder. Pero ese espejismo deslumbrante de abundancia se desmorona cuando los viajeros clandestinos se ven envueltos en una tragedia de naufragio como la que le ocurrió a la Esperanza II.

Cuando Marina despertó estaba junto a Manuel y tres personas más. Ellos habían sido rescatados en una balsa de madera improvisada con residuos de la Esperanza II. La pequeña embarcación pesquera recogió a Manuel y los demás acompañantes a varias millas del lugar del naufragio. Se encontraba turbando, confuso. Cuando preguntó la hora se dio cuenta de que había transcurrido un largo tiempo desde que pasó la catástrofe. El no había tenido una experiencia tan desastrosa como ésta pero tenía algunos amigos en la Isla que le servirían de ayuda y de contacto como precaución en caso de que lo necesitara. Fue así como le pidió a sus rescatadores que lo llevaran a una dirección en donde el encontraría ayuda. Los pescadores accedieron cuando Manuel les prometió que al llegar, les pagaría bien por sus servicios.

En efecto, los pescadores llevaron a los sobrevivientes al sitio que al organizador de los indocumentados les había indicado. El trayecto era corto pero los torrenciales aguaceros les dificultaba el avance porque hasta los arroyuelos parecían caudalosos ríos en aquella región borinqueña. Manuel estaba como aturdido. Sin embargo, su condición de líder del grupo de ilegales quedaba de manifiesto en la habilidad con que reaccionaba ante el gran desastre que habían sufrido. Haciendo uso de su instinto de conservación, y reconocimiento que "el Diablo sabe más por viejo", Manuel decidió cambiar el paradero al que los pescadores los habían llevados. Albergaba el presentimiento de que sus rescatadores podían jugarle una doble partida traicionándolo y denunciándolo a la policía puertorriqueña.

En todo el litoral Oeste de la Isla de Puerto Rico había estado lloviendo torrencialmente, fuertemente, a cántaros. Como dice la gente, del cielo estaban cayendo burriquitos aparejados durante todo el día y gran parte de la noche. El mal tiempo facilitó que los sobrevivientes pudieran evadir con éxito la persecución que ya se había desatado en toda la región de Aguadilla y sus parajes aledaños. Se habían anunciado pagos de recompensas para atrapar a los indocumentados que se dispersaron huyéndole a las autoridades inmigratorias de Puerto Rico. El caso no era para menos porque la noticia del naufragio estaba siendo transmitida como primicia por todas las estaciones de radio y televisión de la Isla. El temporal había amainado.

La noche había avanzado cuando Manuel decidió buscar ayuda en la vivienda más cercana al escondite que le servía de refugio transitorio. Este tomó la decisión debido a que Marina había sufrido varias heridas y contusiones en distintas partes del cuerpo. Además la fiebre no se le quitaba. Tenía una calentura altísima y en vez de bajarle le subía.

Los sobrevivientes llegaron hasta una casita ubicada en el recodo norte de un pequeño cerro que se levanta en la falda de la montaña, dotado de una vegetación muy espesa. Esos cerritos abundan mucho en la Isla borinqueña, entre montaña y montaña. Dándole un vistazo al enverdecido bosque uno recibe la impresión de que los cerros son montecillos enanos que se pasmaron en su ambición de llegar a ser gigantes. El lugar parecía un edén en miniatura, una ensoñación de la naturaleza como premio a los borinqueños. En ese sitio funcionaba un centro de pesaje y contabilidad para las plantaciones de café de la región. Ahora que los propietarios de las fincas habían construido instalaciones nuevas, la casa había sido abandonada.

La casa era utilizada por el capataz de plantación para guardar gallos de pelea y gallinas de calidad para el cruce, para el encaste. El Capataz del cafetal, quien respondía al nombre de Simeón Ortíz, era un fiel amigo de Manuel Díaz Amador. En este lugar estaban más seguros porque Simeón Ortíz jamás traicionaría al organizador del grupo de ilegales quien era su compadre de sacramento ya que le bautizó tres de los siete hijos que tenía.

A poco más de un kilómetro del lugar estaba la casa de doña Emilia Ferrer. Doña Emilia, una anciana de unos ochenta años, era aún una mujer con lucidez mental, cuyos antepasados incluían emigrantes borinqueños que se habían establecido en la década del 1930 en la ciudad de La Romana, se ofreció a ayudar a Marina de la Cruz. La mujer estaba sufriendo las consecuencias de las heridas y los golpes. Tenía un brazo y una pierna en muy malas condiciones. Marina era digna de compasión. Tenía además un tobillo muy hinchado.

Aparte de eso, se le había zafado el codo izquierdo. Apenas podía caminar. Los que la veían así creían que podía perder la pierna a causa de la gangrena. Marina estaría en buenas manos porque doña Emilia poseía una gran experiencia en cuestiones médicas. Ella se había desempeñado como enfermera en el Hospital del Seguro Social y en diferentes bateyes cañeros en la provincia de la Romana.

La mujer estaba delirando sin parar. Salvo la mención de algunos nombres desconocidos para Manuel y los demás allí presentes, Marina seguía hablando incoherentemente como resultado de las fiebres que estaba padeciendo. Sufría una calentura de pies a cabeza. Su cuerpo parecía un fogón encendido, ardiendo en llamas. La ropa seca que le había conseguido doña Emilia la tenía empapada porque su cuerpo chorreaba sudor de arriba a abajo. Fue en ese momento cuando Simeón le sugirió a Manuel que apresuraran el traslado de la enferma a la casa de la anciana. Todos estuvieron de acuerdo en que Marina estaba en gran peligro si no actuaban con rapidez. Sin vacilación, Manuel aceptó la idea de trasladar a la enferma hacia la vivienda de doña Emilia. Tanto a Manuel como a los demás les preocupaba el hecho de que Marina, en momentos inesperados, daba unos gritos estremecedores. Luego, se revolcaba como una culebra. Este era el resultado de los fuertes dolores producidos por traumas físicos y psícologicos que sufrió en el naufragio. Los sobrevivientes ayudaron al Capataz Simeón a construir una rústica litera en la que colocaron a la mujer.

——¡Cuidado! ——Dijo Manuel cuando Marina era colocada en la improvisada camilla. El temía que la tela de una vieja sábana utilizada para hacer el forro de la litera pudiera desgarrarse cuando el cuerpo fuera levantado en hombros. Mientras tanto, Manuel iba confortando a la enferma para que se tranquilizara. El trayecto que los separaba de donde llevarían a Marina no era largo. Pero los caminos estaban fangosos y resbalosos. Cualquier caída podía ser fatal, dadas las condiciones en que se encontraba la paciente.

Como ya no llovía, no confrontaron mayores problemas en el camino. En una media hora estaban en el terreno llano cerca de la propiedad de doña Emilia. Pero estaba de por medio una cañada que se había salido de su cauce. En su preocupación por resolver el problema de Marina, ni Simeón, ni su compadre, que conocían muy bien la zona, se percataron de que la cañada que usualmente cruzaban a pie cuando estaba con poca agua, se había convertido ahora en un serio obstáculo para sus planes. El riachuelo rugía desafiante como si fuera un río caudaloso impidiéndole el paso. A ninguno de los dos les pasó por la mente, ni por un solo instante, que la cañada a la que los lugareños llamaban La Serpiente, estaba allí para impedirles el paso.

––¡Carajo, compadre! ¡Creo que este no es nuestro día de suerte!–– Dijo Manuel a Simeón quien hasta ahora había contenido la furia que lo embargaba por el fracaso de ese viaje que parecía una operación tan fácil en el comienzo. –– Usted me conoce compadre desde hace veinte años.–– Siguió hablándole a Simeón. ––Usted sabe bien que yo siempre he sido rudo y que no acepto relajos en mis negocios. Pero creo que no le he hecho daño a nadie. Entonces, dígame compadre, ¿por qué tiene que ocurrirme ésto a mí ¡Carajo, dígame compadre!–– Simeón y los demás acompañantes, quienes ya habían colocado con mucho cuidado a la mujer junto a una gigantesca piedra a la orilla de la cañada de la Serpiente, escuchaban a Manuel Díaz Amador confesándose ante ellos, descubriendo, desnudando su interior como buscando fuerza y consuelo en ese momento difícil, ante el obstáculo que el destino le colocaba para que no pudiera salvar a la mujer que admiraba tanto. O talvez lo que él quería era justificarse ante los demás náufragos que allí se encontraban, y que lo seguían viendo como el responsable directo de la desgracia. Pero la hipocresía no era uno de sus defectos. Un hombre de su audacia y valentía, que había desafiado los mares y las tormentas, sobornado a los "peces gordos" que se nutren cobrando dinero para hacerse de la vista gorda con la salida clandestina de los indocumentados. Un gigante que se ufanaba de sus anécdotas de haber recibido apoyo en los aposentos de algunos "generales" para comprar sus servicios mientras él le sacaba a los ilegales por el frente de sus narices a las autoridades "competentes". Un agigantado traficante como él que había aprendido a pelear en todos los terrenos y a nadar en todas las aguas, se hallaba ahora impotente, añangotado, aplastado junto a una piedra de la cañada. Sin poder cruzarla porque hasta ella se había ensañado contra él, Manuel tenía toda la razón. El podía lamentarse del fracaso de su viaje en la Esperanza II. Lo que el no podía hacer era arrepentirse, puesto que siempre quiso perfeccionar sus negocios. Por eso, siempre rechazaba los viajes en yolas. Aunque en esas embarcaciones los viajes salen más baratos para los pasajeros y más beneficiosos para los traficantes, los riesgos aumenten tremendamente para todos. En medio de su ilegalidad en la preparación de las travesías al exterior, Manuel tenía un poquito de dignidad y mucha precaución. Por eso, nunca cargaba menores de edad aunque vinieran en compañía de sus padres, ni personas con alguna incapacidad física visible para enfrentarse contra los peligros, que con frecuencia se presentan en el mar, propios de una aventura marítima en el Canal de la Mona. Se sentía abrumado, atormentado, agobiado, ante la impotencia de pasar una cañada que usualmente cruzaba de piedra en piedra, de unos cuantos saltos. Pero lo que más le dolía era la incapacidad de poder cruzar al otro lado del riachuelo mientras Marina de la Cruz estaba en una litera, sufriendo muchos dolores, bajo los efectos de una fiebre delirante. A él le abrumada su imposibilidad de poner a salvo a Marina. Para Manuel no era importante si las autoridades lo buscaban o no para llevarlo a la cárcel de inmigración y deportarlo hacia Santo Domingo. Lo que él quería era cumplir con lo que consideraba era su deber de salvar a su compañera de infortunio. Ella era la única mujer que había viajado junto a él en un viaje clandestino.

Pero había que esperar con perseverancia porque no se podía perder la fe ni la esperanza en esta ocasión tan crítica, tan grave. Había que tener mucha paciencia hasta que las aguas bajaran y la cañada de la Serpiente les permitiera proseguir su viaje.

Manuel Díaz Amador continuó profiriendo frases de lamentaciones. Pero nadie las entendía porque la cañada rugía, y rugía estruendosa; arrastrando con sus turbias aguas árboles, piedras y todo lo que encontraba a su paso. Fue en este momento cuando Simeón Ortíz sacó un largo cigarro de un paquetito que traía envuelto en un trozo de plástico para que no se le mojara con el temporal. Lo encendió y se lo colocó en la boca a su compadre Manuel para que se le calmaran los nervios. El rostro de Manuel presentaba una expresión helada, fija, sorprendida. Parecía que no podía abrir los labios mientras su compadre le colocaba el cigarro. La acción de Simeón Ortíz para tranquilizar a su compadre era muy oportuna. El conocía a Manuel y jamás lo había visto tan excitado, tan ansioso, tan irritado, tan tenso. Este recibió el cigarro con una sonrisa inexpresiva, sostenida como sin ganas, sin mucha voluntad.

Tras absorber la primera bocanada, Manuel empezó a chupar tembloroso el tabaco con toda la fuerza de sus pulmones. Halaba las bocanadas sin parar, una detrás de la otra, quemando el cigarro sin saborear la calidad del tabaco. Mientras tanto, sus ojos negros como la noche se iban agrandando, sus pupilas se iban desorbitando lentamente. Sus ojos miraban perplejos los rayos lejanos que iluminaban por un segundo la oscuridad que a esa hora arropaba a la Isla de Encanto.

A pesar de todo lo ocurrido, la enferma estaba ya en muy buen lugar porque doña Emilia sabía lo que tenía entre manos. La anciana sabía hacer todo tipo de remedios.

Marina de la Cruz permanecía dormitando, semi-inconsciente. Todavía no se había recuperado de los efectos traumatizantes de la fatal experiencia de esta odisea interminable. Los quejidos largos y profundos eran tan solo un reflejo, una señal del tormento a que estaba sometida. Así fue ella aquietándose, despacito, despacito. Hilvanando punto por punto, episodio, tras episodio sus amarguras y los mismos sufrimientos que la habían llevado a la desgracia, que la habían puesto al borde de la muerte. Ignorando talvez que la vida mismo es como un espejo gigantesco: una vez que se ha roto, nada ni nadie lo puede reconstruir. Pero Marina estaba absorta. Estaba transformada. En su viaje imaginario se hallaba inmersa en su pasado borrascoso. Por ello, vivía sus amores y aventuras en sus correteos por los campos y en los ríos de su comarca, San Francisco de Macorís. A veces salía huyendo, como el que quiere y no quiere, de Pedro Ventura. Riendo a carcajadas cuando éste la alcanzaba. La atrapaba y la seducía con ardiente fogosidad porque él era el hombre de sus sueños: mitad humano mitad animal. El era el que la mimaba con dulzura, la estrujaba, la besaba, la mordía con ansiedad en una mezcla de amor, violencia y pasión. Así era su hombre, su amante, su todo. Ese era Pedro Ventura: un hombre completo, sin limitaciones ni tabúes para hacerle el amor. Para ella él era más que su gran amor. Era además su gran maestro, el que la había enseñado a todo. Pedro había despertado en su cuerpo los deseos sensuales que acumulaba en su interior a la espera del hombre que los descubriera. Que los cultivara como el jardinero cuida del huerto. Que los formara poquito a poquito, con mucha paciencia, con lentitud, ensanchando su voluptuosidad con sus propias manos. Como el alfarero que moldea las piezas de barro hasta darle la forma que su imaginación conciba. Que la sobaba con cuidado de cirujano: suavecito, suavecito, logrando rehacer las figuras con los ajustes de sus manos; con el tacto de las yemas de sus dedos. En fin, con los deseos de su mente urgadora, creativa. Pedro Ventura era para Marina su guía y creador en su vida de mujer; y de su sensualidad femenina. La conformación de ternura y bestialidad que caracterizaba a Pedro se ajustaba como la horma al zapato con el temperamento ardoroso de Marina de la Cruz: seductora, apasionada, fogosa. Sobretodo, entregada por completo a las apetencias de este hombre. El

relajos con las trabajadoras de la finca. El capataz no comía cuentos. Al hombre que se le encontraba molestando a una de las recogedoras de café en las demarcaciones de la hacienda, se le echaba de inmediato de su trabajo sin ningún tipo de contemplación; sin misericordia.

Para Simeón, Marina de la Cruz era un caso muy especial. No tan solo por las promesas de protegerla hasta con su vida hechas a su compadre Manuel. ––Mi compadre––afirmó una vez Simeón–– váyase en paz; que yo juro por nuestro sacramento que protegeré a Marina a toda costa. ¡El que le ponga una mano encima se la corto de un cantazo! ––Aseguró con todo su firmeza el Capataz.

Además, la defendía porque en pocas semanas que llevaba trabajando, Marina de la Cruz se había destacado entre las recogedoras de café por su laboriosidad y rendimiento en la recolección del grano. A la larga, al fin y al cabo, eso era lo que más le interesaba a los patronos de la hacienda. La recogida de granos de café era vital para la industria. Y Marina estaba a punto de ser la número uno en esas faenas. Su experiencia la había obtenido en su región natal en donde su mayor ocupación había sido la de recoger cacao y café. Durante la zafra o cosecha se empleaban alrededor de cien mujeres y unos veinticinco hombres. Solo las órdenes rigurosas de los dueños, que muy pocas veces pasaban por el lugar, habían logrado frenar un poco de abusos y el acoso sexual que se cometían contra las recogedoras del valioso grano. Aunque las malas lenguas que tantos bochinches habían suscitado entre las mujeres de los cafetales, iban llevando y trayendo el rumor de que algunos de los propietarios se mostraban tan estrictos con sus empleadas porque estaban muy celosos y no querían que los trabajadores machos se les adelantaran. A los jefes se les metía el demonio con tan solo pensar que les conquistarían las hembras, sus hembras. Estos juraban por Dios y todos los santos habidos y por haber que las mujeres más hermosas del cafetal les pertenecían por ser los dueños, los mandamás de la empresa. A fin de cuenta, se sentían ser los propietarios de vidas y haciendas como patrones de las plantaciones. Esa era la razón por la que mandaban a apartar, como si fueran potrancas en calor, a las mujeres más buenamozas, a las más corpulentas, a las más nuevas y elegantes porque estos siempre decían con la boca hecha agua: "esas mujeres son como carne fresca".

Fueran falsos o verdaderos los bochinches que traían los vientos, esa no era una razón suficiente para alarmarse porque no era una cosa del otro mundo. Toda la gente sabe––o por lo menos se lo imagina–– que la selección de trabajadores para los jefes es una herencia que se práctica desde la llegada de los colonizadores. Primero lo hacían con las indias. Y la práctica sigue en vigor en la actualidad con las mestizas. Es más, entre los que habían tenido que limitarse a ver sin comer, quedaban muchos resentidos. Estos se mataban con cualquiera que se atreviera a negar que la mayoría de las recogedoras escogidas para acostarse y ser queridas de los jefes, se derretían por ellos como mantequilla en pan caliente. Eran muchas las mujeres que reían entre dientes; con ironía cuando se les acercaba medio tembloroso el mensajero, el lleva y trae, susurrándole entre las orejas:––"El patrón te quiere ver en el cruce de la Serpiente, cerquitita de la cañada cuando el sol se acueste. ––Ni me pregunte p'a que ute'buena. ––Yo no se nada porque solo hago lo que me dice el jefe".

Dado el recado, y evitando comentario alguno de la escogida el hombrecito se alejaba. Corría como una sabandija asustada. Emitiendo un ruido de extraña picardía que no pasaba de ser un mediocre: –jí,- jí.- jí. De esa manera se marchaba, mirando torpemente en todas las direcciones con los ojitos saltarines como los de una lagartija inofensiva.

Lo importante del caso era que los rumores sobre las apetencias y exigencias sexuales de los dueños de las fincas cafetaleras se habían convertido en un secreto a voces. Especialmente, cuando se trataba de mujeres provenientes de la región conocida como El Cibao en la República Dominicana. A las mujeres de esa parte se le atribuyen encantos especiales en su forma de corresponder al hombre que aman. Sean mitos o no, son muchos los hombres que dan crédito a esos rumores. Estos se basan en el dicho popular de que: "cuando el río suena, es porque agua lleva".

Aunque Marina no ganaba mucho dinero, los ochenta y ocho dólares que recibía a la semana como pago por su labor, los mandaba casi completos. Ella utilizaba los servicios de una compañera que frecuentemente viajaba a Mayagüez, en donde se encontraba la única oficina de remesas para el exterior existente en la región. En poco más de dos meses que habían transcurrido desde su llegada a Puerto Rico, Marina había venido tan solo en dos oportunidades al pueblo de Mayagüez. Lo hizo porque quería comprar personalmente unos regalitos para los dos hijos que había dejado allá, en la tierra quisqueyana.

Cuando podía, Marina separaba y ahorraba algunos pesos del tiempo extra que trabajaba para continuar con el plan que la llevaría hasta Nueva York. Al fin de cuentas esa era, sin ninguna duda, su codiciada meta final, su mayor aspiración. La ciudad de los rascacielos era su destino en el largo viaje que emprendió desde las costas de Miches en el Este de Santo Domingo y que había culminado por ahora, en la región de Aguadilla en el Oeste de Borinquen. Sin embargo, la nostalgia de Marina de la Cruz tenía como epicentro sus hijos. Desde hacía un tiempo, no se podía concentrar en ese sueño sensual en que se envolvía toda su pasión amorosa por el hombre que le había robado su inocencia, su virginidad.

Quizás por esa razón, cuando un hombre se le acercaba, lo rechazaba con frialdad. Era como una barrera que ella misma había creado contra los pica-flor que tanto abundan por doquier. Esos que van por el mundo conquistando y gozando los atributos y los favores sexuales femeninos. Esos que luego se les ve abrir las alas cacareando como gallos. Mientras se alejan orgullosos al sacudir sus plumas, satisfechos por la hazaña de hombría que acaban de realizar. Marina los conocía muy bien. Porque creía conocer a los hombres al dedillo, tenía mucho miedo a volverse a encontrar con otro tormento amoroso en su camino, con otro Pedro Ventura.

Las horas pasaron. Esta vez con mayor rapidez. —— "Como vuela el tiempo." ——pensó. Era casi la medianoche. Como no le habían avisado si trabajaría o no al día siguiente, Marina se quedó charlando sin mucha preocupación. Con ella se hallaban tres compañeras, con quienes compartía la habitación, situada en el largo y oscuro barrancón, cuyas paredes encementadas la hacían parecer una cárcel de tortura enclavada en la montaña. Las mujeres hablaron de todo. Era fin de semana y tenían mucho tiempo para chismear, para bochinchar y reírse de la forma en que los hombres, jefes y subalternos, las codiciaban y las asediaban constantemente. Enamorándolas y ofreciéndoles un pedazo de la luna si acedían a sus deseos sexuales.

El día siguiente era sábado. Aunque les hubiese gustado trabajar horas extras, la amenaza de una tormenta tropical en la zona había impedido que los encargados de la finca se decidieran a anunciar las labores para el fin de semana. Así era como se acostumbraba a hacer en estos casos. Marina escuchaba atenta a las conversaciones de sus compañeras de dormitorio mientras confesaban sus correrías, sus amoríos, sus diversiones. Todas eran más jóvenes que Marina y aspiraban siempre a que ella les dijera sus secretos encantadores para enloquecer a los hombres en la forma que lo hacía. Marina tenía el secreto de hacerlos venir de rodillas a implorarle un poquitito de cariño, para así someterlos y humillarlos, como decía la más joven que apenas tenía diecinueve años. Esta había sido seducida a los diecisiete años de edad. Aunque todas ellas, como Marina, eran mujeres muy hermosas, les faltaba camino por recorrer para ir aprendiendo con los tropezones las cosas buenas del amor. Porque como dice el poema: "caminante no hay camino, se hace camino al andar..." Y ellas apenas estaban comenzando a dar los primeros pasos en el espinoso terreno de la vida, recién empezaban a hacer pininos en el sendero del amor. Por eso, había ido a trabajar en aquella finca después que sus padres la culparan de hacer dado un mal paso. Ellos creían que la muchacha era la única responsable de su propio fracaso. Lo malo de todo esto era que había metido la pata siendo apenas una adolescente.

El tiempo siguió su vertiginosa carrera. Los campanazos del reloj se confundieron con las tronadas de los elementos que furiosos castigaban la tierra con intermitentes descargas eléctricas. Era como latigazos, despiadados, implacables. De esa manera se fueron iluminando los cielos borinqueños, anunciando la una de la madrugada. Fue entonces, cuando Marina de la Cruz y sus compañeras se arroparon de pies a cabeza, tras meterse en sus respectivas camas.

Como pasó la noche cayendo rayos y centellas a consecuencia de la tormenta caribeña, Marina se mantuvo en su cama oyendo la lluvia caer en torrentes interminables. El zumbido de los fuertes vientos que azotaban la región servía de fondo amenazante. Mientras que con una furia diabólica e infernal, los ventarrones iban y venían, sacudiendo a su paso la espesa foresta de la zona. Los recuerdos volvían también a su memoria. Allí seguía, aferrada al pasado, unas veces claro y otras veces opaco, inestable. Era así como en la profundidad de su pensamiento aparecía una luz tenue. Fugaz era la única alternativa en su vida, en su destino. Era como una pequeña ventana que solo se abría para luego cerrarse en fracciones de segundos, en un pestañar de ojo. Y las preguntas aparecían de nuevo. ––¿Qué será de mis hijos? ––¿Es acaso que mi calvario no tiene fin?–– Así se iba quedando dormida. Lentamente. Con calma. Como el que va recibiendo una regresión hipnótica, despacito, despacito. Como si cayera vencida por una fuerza superior que la hacía retroceder. Que le arrancaba la gana de seguir luchando. De seguir hacia adelante contra vientos y mareas. La incertidumbre emocional y el cansancio corporal abrumaban a Marina de la Cruz. Y las preguntas volvían: ––¿Qué sería mejor para mi, en medio de esta odisea interminable? ––¿Cuál sería la última carta que el destino me tenía reservada? ––¿Como sería mi vida al siguiente día?––

En busca de las respuestas, a su subconsciente llegó aquella pesadilla maldita. Bajo la inercia del sueño vuelve a reproducirse la tragedia. Marina vivía horrorizada las horas amargas posteriores al naufragio en donde se salvó porque no le había llegado la hora de morir. La escena estaba clavada como una filosa estaca en su memoria atormentada. Ella fue la única de los sobrevivientes que vio al estudiante de la UASD lanzar su último grito de desesperación y de terror. Pidiendo auxilio en vano, cuando un tiburón comenzó a despedazarlo. Al tiempo que lo arrastraba furioso hacia su guarida siniestra en las profundidades del mar ensangrentado. Era una escena horripilante, con un terror indescifrable. La recurrencia de ese episodio la hacía volver una y otra vez a esas horas interminables que envolvieron el hundimiento de la embarcación. Frustrando sus anhelos de progreso al sucumbir despedazada la Esperanza II como resultado de la lucha desigual entre el mar furioso y el hombre desafiante y temerario. Esa escena, esos recuerdos, la mantenían petrificada por el inmenso terror que se había apoderado de ella. Atribulada por la experiencia del naufragio que aún permanecía vivo en la mente de Marina de la Cruz.

De las demás personas que viajaban con ella en la embarcación, Marina jamás volvió a tener noticias. La mayoría de aquellos que lograron sobrevivir a la tragedia se dispersaron una vez que tuvieron la dicha de alcanzar tierra firme en la Isla de Puerto Rico. Cada uno cogió su rumbo. Del grupo compuesto por cuarenta y nueve hombres y una mujer, tan solo siete de ellos fueron apresados por la Guardia Nacional borinqueña. Estos fueron interrogados y luego deportados por avión hacia Santo Domingo, capital de la República

Dominicana por órdenes del Departamento de Inmigración de la Isla.

Ese sábado pasó sin novedad en la finca cafetalera. La lluvia amainó, dejando tras de sí los ríos rugiendo desbocados por la preñez de sus cauces. Y la calma que casi siempre sucede a la tormenta. El sol se dejó ver por muy corto tiempo. La tiniebla de la noche se le tragó en su vientre infinito. Las luces se encendieron en los barracones de la finca. Sin embargo, Marina de la Cruz y sus compañeras planeaban ir tempranito al poblado de Aguadilla para comprar algunas cosas que les hacían falta.

EL DESPOJO DE GUAYAMA

Estaba amaneciendo cuando llegaron a la casa de la santera. La ceremonia ya iba a empezar. Doña Candelaria se retorcía. Se iba contorsionando como un pesado reptil porque se hallaba en la entrada, en la antesala de un trance espiritual. La santera estaba vestida con una sotana blanca y un paño de color rojo muy encendido. Mientras caminaba de un lado a otro dando unos pasos que parecían formar parte del ritual, iba invocando a muchos santos que ya habían sido bajados de los altares: Changó, Lucumí, Baja-lú, Santa Bárbara, Papa Candelo, San Deshacedor y la Virgen de los Encaramaos.

Aunque era muchas las personas que creían ciegamente que ella era una bruja, otros devotos más fervorosos la tenían por una médium entre la gente y los santos. De toda manera, la fama que había adquirido doña Candelaria había traspasado ya los límites de Guayama. Muchos le tenían fe, no solo por la forma en que se le montaban los espíritus del más allá, sino por las noticias de la efectividad de sus curaciones que se habían esparcido por toda la región del Caribe. Eran muchos los devotos que venían a consultarla desde las islas antillanas. El lugar de la santera era ceremonioso. Con un silencio sepulcral. El ambiente estaba bajo el dominio de una tranquilidad absoluta en donde no se hablaba ni se hacía bulla de ningún tipo. Para hacer el lugar más sagrado, los creyentes tenían que cumplir con el compromiso de vestirse de blanco y entrar con los pies descalzos al salón de la santera.

El trayecto de la carretera metropolitana al campito de Guayama en donde se encontraba la casa de Candelaria no era muy largo. Sin embargo, había muchos animales cruzando la vía. Tenían que ir despacio, manejar con precaución.

Doña Candelaria vivía en una casa grande pintada de blanco y azul. Las ventanas y las puertas estaban pintadas de rojo. El frente del centro espiritista estaba adornado por un jardín, en donde predominaban las flores blancas y moradas. Al fondo del patio se levantaban tres grandes cruces de madera. Pero la imagen del centro iba siguiendo con los ojos alelados al curioso que se atreviera a levantar la cabeza para mirarla. Ante este extraordinario fenómeno dimensional eran muchos los incautos que creían que eso fue un arreglo milagroso hecho por el marido de Doña Candelaria como una forma de cuidarla de los truhanes y bandoleros terrenales.

De su marido heredó las propiedades. También heredó "las luces" de santería que ahora empleaba en sus curaciones y despojos. A don Sebastián Cabolargo lo consideraban como el "Barón del Cementerio" en toda la región por su capacidad curativa, por su eficacia en todos los trabajos espirituales que realizada.

––"En todo Puerto Rico no había un curandero más fuerte y más completo que Sebastián". ––De esa forma hablaban convencidos de sus milagros los simpatizantes del santero

Sebastián Cabolargo. Los devotos lo defendían con fuerza, con fanatismo. Como si quisieran que si viuda los escuchara. Todo el mundo sabía que que, aunque doña Candelaria enviudó muy joven, no se le conoció ningún cuento de malo pasos. Es más, cuando escuchaba el nombre de su marido le daban unos movimientos extraños. Como si se le hubiese metido el espíritu a la materia, a su materia.

Mientras tanto, doña Candelaria, haciendo uso de su talento corporal y sus extravagancias mágicas, se contorsionaba como si fuera una culebra, desde los pies hasta la cabeza. Los presentes observaban, estupefactos, cada movimiento del cuerpo de la bruja. Su cabellera era larga y plateada. Sus ojos negros se abrían y se cerraban. Se cerraban y se abrían como si estuvieran escudriñando, examinando a cada uno de las personas que allí se encontraban. Las pupilas filosas y agudas parecían dos hileras de fuego que se clavaban en la piel erizada de los embelesados devotos. Era como si los ojos se les fueran a brotar. Su cara se transformaba, el tiempo que chupaba y masticaba un grueso tabaco habanero. Lo que nadie se atrevía a explicar era adónde iban a parar las gruesas bocanadas de humo que inhalaba la bruja del tabaco que consumía. Tampoco podían explicar la causa de la poca eficacia del ron cañita que se tragaba como si el alcohol fuera agua.

Con los ojos desorbitados, mirando aquí y allá, la santera Candelaria iba escupiendo a diestra y siniestra. Lanzando los desperdicios de la hoja estupefaciente mezclados con saliva. En este momento nadie se atrevía a mirar directo a los ojos de doña Candelaria. Sus gruesas pupilas se habían convertido ahora en dos rayos encendidos que fulminaban, que quemaban, que hechizaban.

Los presentes en la ceremonia espiritista no tenían ya la menor duda de que Candelaria estaba poseída por un alma del más allá.

——¡Gracias al Omnipotente! ——¡Loas al Altísimo Hacedor que ya se cumplió el deseo de posesión! ——¡Viva Changó y la Vírgen de los Dolores!——

——¡Que San Santiago y San Miguel nos protejan de Lucifer!—— Repetían al unísono las docenas de hombres y mujeres que esperaban ansiosos una pronta solución para todos sus problemas físicos y espirituales. Unos pedían dinero. Otros pedían salud. Algunos querían amor.

El cuerpo de Candelaria estaba empapado por el sudor. Las personas se iban arrodillando. Pidiendo y esperando que fueran seleccionados por el espíritu que ahora ocupaba el cuerpo de la santera. Doña Candelaria estaba poseída por un santo varón ya que los ronquidos de su voz, y la fuerza que adquirían sus músculos, eran extraordinarios. En un movimiento brusco, inesperado, la mujer se desgarró el vestido, y la túnica blanca. Como si fuera poco, hizo trizas un mantel que cubría la mesa en donde estaban las imágenes de San Miguel, San Santiago y la Vírgen de los Dolores. En esta imagen el corazón de la santa estaba traspasado de lado a lado por un sin número de filosas dagas. En este instante se formó un reperpero, un rebulú cuando una anciana entre la multitud gritó asombrada: "El corazón de la Vírgen sangra. Lo juro por la memoria de mi difunto marido, a quien nunca se la pegué, que el corazón de la Vírgen está botando sangre del pecho".

Por las extrañas cosas que estaban pasando en aquella ceremonia de santería, se podía llegar a la conclusión de que el despojo de los escogidos estaba cada vez más cerca. Especialmente porque doña Candelaria se encontraba completamente transformada. Sus extremidades estaban caídas, exhausta. Su figura se iba poniendo como un caracol. Era como si la energía del cuerpo se le hubiese acabado. Pero eso formaba parte del ritual de la Santera de Guayama. Los creyentes debían de tener paciencia. Los espíritus lo tienen todo previsto; "hasta lo que no va a suceder." Cuando pasara esta etapa de los ritos se produciría la elección de las personas que serían despojadas en esa sesión de santería. El silencio era total. Hasta el tiempo se había paralizado. No se sentía ni el murmullo del viento que, con frecuencia, azota la región borinqueña. El suspenso en el que se encontraba el ambiente era tan grande que los devotos de la santera parecían momias enyesadas. El ritual hubiese sido interminable si no es porque en la lejanía se escuchó el cucurucú de un gallo impertinente que trataba en vano de silenciar el agudo y persistente cantar del coquí.

Marina de la Cruz había acudido al lugar de santería para hacerse un despojo porque quería saber con seguridad si debería proseguir con el viaje hacia Nueva York, tal y como lo había calculado. Sin embargo, para sus compañeras de trabajo que la acompañaron a la ceremonia, los planes de la mujer tenían un trasfondo sentimental. Las recogedoras de café creían que Marina estaba en el centro espiritista en busca de un "amor perdido".

—Si ella anda en busca de amor quisiéramos nosotros tener su suerte.— comentaban las mujeres. Y la más joven de todas llegó al atrevimiento de decirle— ¿Qué cosa tan grande tienes tú? —Todos los hombres que te ven se derriten como mantequilla en pan caliente por ti.—— ——¿Qué secreto tan grande tienes tú, Marina?—— Las preguntas de las trabajadoras del cafetal parecían más ansiosas porque eran el fruto de la envidia contra Marina de la Cruz.

Pero Marina se limitaba a sonreír con picardía. Sin ponerle mucha atención a las preguntas de sus compañeras. Al menos, ella parecía no estar interesada en los comentarios halagüeños. Su concentración estaba puesta en doña Candelaria.

——"Si ella me escogiera hoy estaría yo muy satisfecha."——

——No quisiera irme sin que la santera me diga lo bueno o malo que me espera en el futuro. Tengo mucho miedo a lo que pueda pasar. Le temo a que no pueda salir viva si me pasa algo malo. No tengo duda de que el naufragio fue un milagro." ——meditaba entre sí Marina de la Cruz

Marina había ido dos veces a sendas sesiones espiritistas para hacerse un "trabajo" con la santera de Guayama. Pero no había tenido suerte. Aún no había sido escogida. Por eso, quizás, le tenía mucha confianza a los "trabajos" espirituales de doña Candelaria. Si ella no se montaba, no trabajaba. Por esa razón, comentaban los devotos, el interés de doña Candelaria no era cobrarle dinero a los despojados, sino cumplir con las personas que buscaban su ayuda espiritual.

Marina de la Cruz conocía muy bien a los curanderos, a las brujas y a las santeras. Tenía un ojo clínico para reconocer a los que sabían y a los que no sabían, a los serios y a los charlatanes. Aprendió a conocerlos desde pequeña. Marina acompañaba a su tía Candita a visitar los más famosos brujos y santeras de la República Dominicana.

La tía Candita daba la vida por visitar a los brujos y a las santeras. A ella le gustaba la brujería "más que comer". Era por eso que se inventaba todas las excusas, habidas y por haber, para conocer "los malos pasos" que daba su marido cuando estaba fuera de la casa. Candita era estéril. Su marido se lo echaba en cara cada vez que se bebía un trago: ——"!Buena pendeja! Si no hubiese sido por tí, tuviéramos aunque fuera una docena de muchachos. ——Y no te atrevas a decirme que no es verdad; cuanto'e vagabunda.——

Doña Candita no se atrevía ni siquiera a abrir la boca ante los reclamos y los insultos de su marido. La ansiedad la volvía loca. Especialmente, porque a ella no había quien le sacara de la cabeza la idea de que el Capitán Valentín Pejiguera tenía hijos por la calle.

Candita tenía mucho miedo. Y con sobrada razón. Porque las malas lenguas del vecindario traían el bochinche de que su marido tenía una pareja de mellizos con otra mujer. Sin embargo, nunca le tuvo miedo a las golpizas de su marido cuando éste se enterara de que ella visitaba a los brujos porque quería conocer sobre sus amoríos. La mujer buscaba información, visitando a los adivinos de San Juan de la Maguana, Dajabón, Elias Piña, y Santa Bárbara de Samaná. Estos tenían la fama nacional de ser los mejores en todo el territorio quisqueyano.

A Marina le suben y le bajan unos escalofríos de pies a cabeza cada vez que se acuerda de la voz del Capitán Valentín "Pejiguera" cuando amenazaba a su mujer: "——Canditaaaaaa! ——Canditaaaaaa! ——¡Levántate de la cama esa; canto'e sinvergüenza!"

——¿Fue cierto lo que me dijeron en el Cuartel General de que, que, que, que tú andabas viendo a un brujo? ——Díme la verdad, mu...mu...mu-mujer; antes de que te rompa el alma. El militar seguía tartamudeando de la rabia.

—Yo nada más quisiera que tú no hayas mudado el becerro por estar perdiendo tu tiempo y mi dinero en pendejerías de brujos y santeros.

—Yo te juro carajo; que me corto la punta. —¡Mírame bien mujer!

—Dije la punta de este dedo índice para no tirar un tiro jamás en mi vida si fue verdad que estabas consultando un brujo.

—Te juro Candita que dejo yo de llamarme Valentín Peguero, no "Pejiguera" como me dicen algunos comunistas, charlatanes, si no tranco al desgracia'o brujo, santero o lo que sea la porquería esa.

—Por mi madrecita que 'ta muerta, que lo tranco y boto la llave pa'que no salga jamás de la cárcel.

—A tí, por sinvergüenza, Candita yo te prometo que si el becerro se amamantó y la vaca no me da la leche, te la voy a sacar de las costillas. Te la voy a sacar a correazos pa'que aprendas a ser una mujer de su casa, para que aprendas a no ser andariega.

Apenas estaba amaneciendo. Marina permanecía temblorosa escuchando al marido de su tía en la habitación contigua, amenazándola sin detenerse. Ella sabía muy bien que su tío político hablaba en serio. Por suerte, doña Candita lo conocía y se limitaba a lloriquear, ante las amenazas del militar. Pero lo que más le preocupaba a Marina de la Cruz era qué hubiese hecho el Capitán Valentín cuando se enterara de lo que le pasó a ambas mujeres, mientras visitaban a un santero. El hecho ocurrió en la frontera con Haití, en el pueblo de

Jimaní donde tuvieron que correr despavoridas a medio vestir. El brujo haitiano le estaba haciendo un trabajo a Candita. Ella se asustó y se espantó cuando estaba casi bajo completo control mental del santero. La tenía mansita, mansita. Pero ella corrió desesperada cuando se dio cuenta de que el brujo la estaba sobando por todas partes, con el pretexto de sacarle los malos espíritus que ——según el santero—— la atormentaban.

Las dos mujeres tuvieron la suerte de que el Capitán Valentín Pejiguera nunca llegó a saberlo. Ese era un secreto sagrado entre tía y sobrina. Marina le juró a su tía Candita de Peguero guardarle el secreto mientras vida tuviera.

Todos los presentes miraban de reojo a la santera de Guayama. Completamente poseída por el espíritu que había entrado en su materia, en su cuerpo, doña Candelaria se iba levantando. Comenzó a girar en círculo con lentitud. Como si fuera en cámara lenta. Se parecía a una zombí, a una autómata. El ritual proseguía con los brazos extendidos. Con las palmas de las manos hacia arriba. Como si estuviera recibiendo más y más energía de espíritus invisibles que la ayudarían en los "trabajos" de despojo que iba a llevar a cabo. Cuando sus brazos extendidos en forma de cruz completaron el círculo, tras recorrer todo el salón, la mano izquierda de doña Candelaria quedó fija. Estaba señalando hacia donde se encontraba un chivo, comiendo hierba. De repente, un lamento silencioso escapó de las gargantas del gentío, de la muchedumbre que se hallaba arrodillada.

——"Alabado sea el Supremo." Se oyó la voz temblorosa de una creyente desde el fondo del salón. Fueron muchos los que cayeron mareados ante el asombro de aquella ceremonia de santería.

Ahora todos sabían que habría tragedia porque el espíritu pidió un sacrificio. Lo peor era que lo quería con sangre. De inmediato, dos ayudantes de doña Candelaria corrieron para llevarse el animal escogido como ofrenda. La santera seguía girando. Ella estaba cumpliendo con el mismo ritual que consistía en hacer un círculo en medio del altar mayor para hacer la segunda elección. Esta no era la voluntad de doña Candelaria. Allí se cumplía con los deseos del espíritu que se le había montado a Candelaria y que la utilizaba como médium.

El siguiente elegido resultó ser el Contable de la Finca cafetalera. El mismo hombre que se había puesto de fresco con Marina de la Cruz un par de meses atrás.

Pero como el Contable estaba medio ciego, no se dio cuenta de que las recogedoras de café se hallaban presentes en la ceremonia de espiritismo. Las mujeres lo acechaban con el rabillo del ojo, murmurando una con la otra, con picardía, con disimulo.

Dando traspiés para levantar su obeso cuerpo, el contador se ajustó los espejuelos, y se subió los pantalones hasta la altura de la ingle porque la aventada barriga impedía que subieran hasta el ombligo. El escogido fue escoltado por los dos ayudantes de la santera, quienes lo metieron a la fuerza, en una caseta, que para los fines de despojo, había sido colocada en medio del altar. Aquí recibiría, como todos los elegidos, el tratamiento del espíritu de doña Candelaria. El Contable del cafetal recibió toda clase de empellones y remeniones cada vez que la mujer lo tocaba. La bruja de Guayama era famosa porque despojaba con rigor, y firmeza. Los fuertes halones que le daba, venían acompañados de premoniciones; de consejos que más bien parecerían amenazas e insultos.

——¡Apártate de mi camino maldito usurero. Vampiro inmundo que te chupas el sudor de las obreras!. ——¡Arrodíllate! ——¡Yo te lo ordeno en el nombre de Changó; San Caralampio; Baba-lú; y Papá Bocó!

——¡Arrodíllate y reza para que se te salga lo malo y te entre lo bueno.!

El asustado contador recibía, sin protestar, la descarga física, acompañada de los insultos de la santera. El aguantaba en silencio porque con los espíritus no se discute. Especialmente, cuando el espíritu que estaba adentro de Candelaria era implacable y no le gustaba la vagabundería del regordete contador.

Tras recibir un sin número de latigazos y una pela sin camisa, el Contable de la finca fue echado del salón principal retorciéndose de la picazón y el dolor. Los ayudantes de Candelaria lo llevaron a una habitación en donde tendría que ingerir unas tomas de un remedio espeso y verdoso que tenía la apariencia de una mermelada.

La santera continuó su rito por tercera vez. Caminó lentamente hacia el centro de la tarima que le servía de altar. Se colocó en la posición anterior. Mirando fija hacia el ángulo izquierdo del centro espiritista. Sus ojos estaban helados. No pestañaba para nada, ni por nada. Repitiendo frases en un lenguaje extraño, la bruja comenzó a girar otra vez. Cuando completó el círculo de 360 grados estaba frente a Marina de la Cruz. Esta quedó congelada desde la planta de los pies. Sintió un escalofrío inexplicable. Pero no podía aflojarse y desperdiciar, echar a perder esta oportunidad. Entonces,

asumiendo una postura sublime, altiva, la figura de doña
Candelaria comenzó a moverse en dirección de Marina. En
el ambiente reinaba una tensión extraordinaria, única. Nadie
se atrevía a levantar la cabeza. Entre todas las personas que
asistían a esta ceremonia de santería, solo Marina de la Cruz
estaba dotada con suficiente poder para enfrentarse, cara a
cara, con el espíritu que poseía por completo a Candelaria.

Segura de sí misma, Marina de la Cruz se paró lentamente
como si quisiera igualarse con la altanería de la santera.
Cuando estaba en posición erguida, empezó a caminar para
recibir los despojos de Candelaria. Este era su momento. La
única oportunidad de recibir lo que ella quería del espíritu
que dominaba a la mujer en trance. En el instante en que las
dos mujeres se dieron las manos, ambas, santera y devota,
cayeron al suelo. La caída fue estrepitosa. Parecía que habían
sido empujadas por una corriente extraña, por una fuerza del
más allá. Las dos mujeres se revolcaban, se contorsionaban
hablando en un lenguaje que solo ellas entendían. Los
presentes en esta ceremonia no hubiesen salido de su asombro
por un largo tiempo. Pero lo gritos lastimeros del chivo, que
estaba siendo sacrificado, rompieron el silencio que reinaba en
ese momento en casa de la santera de Guayama.

EL VUELO DEL AGUILA

Cuando Marina abrió la puerta se encontró frente a frente con Simeón Ortíz, quien llamaba con insistencia. El Capataz del cafetal la miró con los ojos encendidos. Sus pupilas parecían dos brasas ardientes. El hombre la desnudaba con su mirada devoradora. La hermosa mujer estaba a medio vestir. La ropa que llevaba puesta era clara, transparente. Insuficiente para cubrirle el cuerpo. El capataz nunca había tenido la oportunidad de echarle el ojo encima a Marina en esas condiciones. El atrevido mayordomo había intentado en diferentes ocasiones verla con sus encantos físicos al descubierto, a la intemperie. Sus morbosas acechanzas las llevaba a cabo con rutinaria frecuencia especialmente cuando se bañaba semidesnuda, cual sirena encantada, en el riachuelo que pasa por la quebrada del cerro.

En este momento, Simeón Ortíz se comportaba intranquilo ante la presencia de la mujer que todos codiciaban con una pasión ardorosa, alocada. El capataz no quería compartir con nadie más esta ocasión tan especial, esta oportunidad hacia todos lados. Hacia arriba. Hacia abajo. Escudriñaba con cuidado. Como si quisiera percatarse de que nadie más le pudiera poner los ojos encima a Marina de la Cruz. Las pupilas de sus ojos se abrían desorbitadas, como si estuviera escudriñando la fisonomía de la sensual mujer. Dibujando cada atributo de ese cuerpo esbelto. Pero el Capataz tenía a quien rendirle cuentas. Debido a ello, optó por reprimir sus deseos morbosos, al tiempo que se mojaba los labios con la lengua. Como si fuera un perro sabueso que no puede alcanzar un trozo de carne fresca, rabiando feroz, desesperado por alcanzar la presa.

—Marina, vine a decirle que ya le conseguí el "encargo". "El águila ya puede volar", le dijo Simeón a Marina utilizando una frase en clave, cuyo significado, solo ellos dos podían descifrar. Ni al Capataz de la finca, ni a Marina le convenía que las compañeras de dormitorios se dieran cuenta de sus planes. Simeón podía perder el empleo y la mujer ser deportada. Fue por eso, que éste le dijo a medio secretar: —"Ya tengo todos los papeles que usted me pidió. Prepárese para el martes que viene. Ese día estaremos a trece de agosto. Pero no se apure por el maleficio de la fecha que doña Emilia escogió para que vuele a Nueva York. Despreocúpese Marina, le aseguró Simeón, —que doña Emilia le va hacer un ensalmo para protegerla de la mala suerte, por si las moscas porque —como dice la gente— "más vale un por si acaso que un yo pensé". La vieja prometió prepararle un baño de ruda, sábila, cunde amor, arrasa con to', rompezaragüey, viní-viní, amansa guapo.
—El excitado Capatáz tomó un respiro cortísimo y prosiguió:
—Los baños llevan también: sebo de flandes, albahaca de muerto, yerba-buena; hoja'e la buena suerte. Por último, agua de los siete mares para protegerla de los malos espíritus.

Marina de la Cruz seguía ahí inmovilizada. Embelesada. Escuchando esa retahíla de plantas y brebajes. Simeón lo había recitado sin tomar suficiente tiempo para respirar. Como si lo hubiese practicado un montón de veces.

—¡Oh Marina, mire como se me pone la piel cuando la veo! —Le dijo con voz temblorosa, arroncada, con modulaciones fácilmente distinguibles. Sus manos también temblaban. Y añadió sin darle oportunidad a la mujer para que abriera la boca: —"Parezco una gallina con el cuero erizado. Me dan nervios Marina, y los pelos se me paran derechitos. Como si fueran alambres de púas. Le juro—por mi madrecita santísima que me echó al mundo—que cada vez que la encuentro en el camino de la cañada me pongo más hambriento que un burro por cáscara". El Capataz del cafetal siguió hablando como su fuera una carretilla sin frenos.

Sorprendida por el impacto de la noticia, y sin mediar palabras, la mujer se le fue encima a Simeón Ortíz. Le abrazó con una fuerza asfixiante. Estaba emocionada. Marina tan solo quería agradecerle todo lo que había hecho por ella, desde que llegó a las costas de Aguadilla:—Gracias Simeón. ¡Mil gracias!— Ahora soy yo la que le juro, por lo que más deseo, que no tengo con qué pagarle este favor que me ha hecho. —le manifestó emocionada al capataz, quien se aferraba a su cuerpo como si fuera una garrapata que se apresta a meterle las ponzoñas a una yegua. Marina se pegaba a su cuerpo porque se le habían olvidado, aparentemente, las apetencias sexuales del hombre que la abrazaba. En este instante no pensó por nada del mundo que Simeón pudiera sacar ventajas para aprovecharse del abrazo tan estrecho, tan apretado. Después de todo, ella estaba muy consciente de que el Capataz Ortíz se había portado bien. El era un boricua tan bueno como una masa de pan. A pesar de que siempre lo sorprendía echándole un ojo encima. Remeneando su boca humedecida. Como si fuera un sapo que se prepara saltar sobre una distraída lagartija. Simeón no le perdía ni pie ni pisada a la sensual mujer quisqueyana.

Sin embargo, es de dudarse que haya algún alma en la vida que se le antoje contradecir la máxima popular que "la felicidad del pobre dura poco". Entonces Marina se percató de que alguien los podía estar brechando, atisbando entre los matorrales porque los mirones no duermen pendientes de cualquier ocasión, de un "chancesito" para bochinchar, para chismear. Fue en este momento que empezó a despegarse con disimulo como el que no quiere la cosa. Para que las lecciones de machismo aprendidas por Simeón de sus antepasados no se echaran por el suelo, la mujer se fue apartando con mucha precaución.

––Qué me importa a mi el que dirán de la gente–– reaccionó Marina en su interior como queriendo justificarse en un mea-culpa por si las moscas; por si había algún mirón entremetido al acecho. Prosiguió: ––La gente como quiera dice de una. Si ven dos personas besándose dicen que tienen amores. Y si ven a un hombre en la cama se lo dan de marido ––Yo no quisiera que nadie me joda murmúrandome con este hombre. Sin darse cuenta de que nadie la escuchara sentenció: ––Yo juro por la virgencita de Altagracia, que no me dejó ahogar en el canal de la Mona, que no le he dado mi brazo a torcer a Simeón. Y el que ve y no come es como si no hubiese comido, ¡carajo! ––¡Que nadie se atreva a decirme que no hay diferencia entre velar y comer!

Simeón Ortíz estaba tembloroso. Turbado. Sin saber qué hacer. Fue muy poco lo que le faltó para desmayarse ante los ojos de Marina de la Cruz. Francamente, él no podía creer lo que sus ojos estaban viendo. No lo podía concebir. Talvez, no quería creer que tenía tan cerca a la hembra que lo desvelaba tanto. Cuando éste, tambaleándose por la impresión estaba a punto de intervenir, la mujer lo dejó con la palabra en la boca. ––"Pero despreocúpese. Lo tomaré mucho en consideración. No se apure que donde quiera que yo vaya lo llevaré colgado del pecho". Y cuando dijo pecho, se dio cuenta de que no estaba bastante cubierta. Con su habilidad femenina hizo un truco distrayendo la atención de Simeón en lo que sus dedos presurosos enredaban el lacito que amarraba la parte superior de la bata. Sin pérdida de tiempo agregó: ––Le prometo que si me va bien en Nueva York, le devolveré aunque sea un cantito de lo mucho que usted me ha cuidado y ayudado. Cada vez que me he visto en problemas usted ha sido el único hombre que me ha metido la mano. ––Yo no esperaba encontrar tanto apoyo de nadie en la forma en que llegué a Puerto Rico. — Eso no lo olvidaré nunca mientras vida tenga–– ––Terminó diciendo la emocionada mujer. Mientras tanto, se iba metiendo los papeles entre los senos para que sus compañeras de dormitorio no los vieran. Las mujeres que dormían con ella en la habitación del barrancón del cafetal estaban comenzando a atar cabos acerca de los movimientos y las diligencias que venía haciendo en combinación con el Capataz. Ellas sospechaban algo pero no se atrevían a decirlo porque querían guardar las apariencias de "amigas fieles". También las mujeres querían contar con una amiga en Nueva York, por si acaso tenían que emigrar de la Isla. El Capataz ya no estaba tan tembloroso. Pero su curiosidad andaba en busca de más satisfacción. Este quería otra oportunidad de poner al descubierto —aunque fuera con su imaginación— la voluptuosidad corporal de Marina de la Cruz. Quería saber lo que se ocultaba detrás de la ropa que llevaba puesta la hermosa mujer. Marina estaba tan emocionada con la noticia que le acaba de dar el hombre, que ni siquiera se dio cuenta cuando este fue siguiendo el trayecto del rollo de papel con los ojos brillosos y las pupilas desorbitadas. Siméon siguió mirando hasta que el rollo se hundió. Hasta que desapareció por completo en el pecho de la mujer al ser empujado por sus dedos. Los papeles contenían lo necesario para su huída de la finca hacia Nueva York.

El viaje de Marina de la Cruz hacia la gran Manzana se había mantenido como un secreto casi sagrado. Ella y Simeón eran los únicos —eso creían— que sabían los detalles de su escape clandestino de la finca cafetalera. A pesar de que las demás trabajadoras sospechaban de sus intenciones y les hacían todo tipo de preguntas, Marina no flojó ni un ápice. No soltó ni media palabra. Su habilidad la había enseñado a desconfiar. Sobretodo a saber cuándo tenía que callarse la boca. Lo importante ahora era que su viaje hacia Nueva York estaba cada vez más próximo. Sus esperanzas se revivieron con mayor vigor en esta ocasión. Se olvidó entonces que en más de una oportunidad el Capataz le había propuesto conseguirle un aumentito de salario con los dueños de la finca, con tal de que ella se acostara con él. Con la única condición de que le diera un cantito, un poquito de cariño. Lo que él quería era poder saciar los deseos que por tanto tiempo, había contenido. Pero la resistencia de Marina estaba ganando la pelea. Había logrado, hasta este momento, evadir con éxito el asedio de Simeón y de todos los hombres de la finca cafetalera. El Capataz había flaqueado. Sin ocultar su necedad insistía en que Marina tenía que ser de él. Así comenzó a faltar a las promesas que le había hecho a su compadre de sacramento. Marina sabía que Simeón estaba siempre al acecho por si flaqueaba. Lo podía leer en sus ojos desinquietos. Aunque ella estaba segura de que con poca cosa él quedaría complacido, no cedió. El Capataz estaba desconcertado. Intrigado por lo huraña, por lo difícil que le había resultado la mujer. Pero ella era así, no solo con él, sino con la mayoría de los hombres que trabajaban en la compañía. La sonrisa y el caminar estaban entre los principales atributos que atraían, que seducían a los hombres. Sus movimientos los enloquecían. La gente decía que Marina provocaba con sus caderas. Pero de igual manera se mantenía inquebrantable. Eso los enloquecía más porque amagaba pero no daba. Simeón no se olvidará nunca de un desorden, de un rebulú que se formó cuando el pagador de la compañía cafetalera, aparentemente confundido por la forma de mirar y de sonreír de la mujer, se propasó con ella proponiéndole que se revolcara con él, que le vendiera su cuerpo a cambio de aumento y promoción. Marina de la Cruz rechazó la propuesta en alta voz como queriendo que todos se enteraran. El hombre, quien además era Contable y persona de gran confianza entre los propietarios, se alejó corrido de la vergüenza como un perro vira-latas, realengo. Se marchó con el rabo entre las piernas y jamás se presentó a su puesto en la finca de café.

El Capataz estaba atónito. Traspuesto. Mientras le agarraba maliciosamente la mano, se oyó un ruido inesperado. Simeón despertó del embelesamiento que lo había mantenido petrificado frente a la figura de Marina. Se fue reculando, hacia atrás. El deber lo llamaba. Sin dejar de observarla se despidió. Iba dando tropiezos. Llevándose a su paso unos cuantos biombos de recoger café que aumentaron la confusión reinante con su desafinado ruido metálico. Era tiempo de desorden. Simeón Ortíz corría desesperado para acudir al lugar de donde provenía ese ruido extraño, inoportuno. El alboroto le había hecho perder la oportunidad de su vida para conquistar ——así lo creía él—— a la mujer que lo traía casi loco desde el primer momento que la conoció junto a su compadre Manuel en la caseta de la finca. Simeón estaba confuso. Daba saltos como un potro encabritado. Como alma que se lleva el Diablo, el Capataz iba tumbando los cachivaches que encontraba. Resbalando sobre los secadores de café. Patinando sobre los pisos embabosados por los granos húmedos, medio verdosos, a medio madurar. Dejando atrás un reguero como fruto de su torpeza. Enceguecido por la rabiaca de no poder seguir devorando con la vista a la hembrota, a la mujer que lo había enloquecido. La bulla venía de la casilla que contenía la planta eléctrica de la finca. Un humo negrusco salía de la casa de máquina en donde se hallaba el motor principal, movido por gasoleo.

——¿Dónde diablos se habrá metido Tontón el sereno de la planta?

——¡Yo nada más quisiera que ese canto e'pendejo se haya dormido. O que haya dejado los tanques sin combustibles!

Así siguió el capataz Simeón. Haciéndose preguntas. Mientras correteaba de un lado para otro en las instalaciones eléctricas de la hacienda. Sin encontrar respuesta sobre el motivo del reperpero que se formó en el cuartucho de suministro energético de la plantación cafetalera.

III

LA PESADILLA EN U.S.A.

EN LA GRAN MANZANA

Cuando Marina llegó a Nueva York, nadie la estaba esperando. Siempre hay una primera vez para todo. Esta era la primera vez que se montaba en un avión. Pese a que todo había salido sin novedad en la travesía aérea desde San Juan de Puerto Rico, aún permanecía un poco nerviosa. La mujer no solo temía al vuelo, sino que también le aterrorizaba el pensar que podría ser atrapada en el Aeropuerto Fiorello La Guardia que fue donde aterrizó.

Nadie se atrevió, ni siquiera por un minuto, a dudar de que ella era una boricua de pura cepa. Los documentos estaban "en orden" en caso de que se le ofreciera ya que el trabajo de falsificación había sido perfecto. Solo un chivateo, una denuncia directa a las autoridades de inmigración delatándola podía perjudicarla. Por lo demás, esos papeles le podrían servir incluso para buscar trabajo en la ciudad de los rascacielos. Nadie sospecharía que eran documentos falsos.

Eran las cuatro en punto de la madrugada cuando el avión que la traía tocó tierra newyorquina. El calor era sofocante porque la masa de aire se mantenía estacionada desde hacía más de cuarenta y ocho horas sobre el área metropolitana. Para colmo de males, la temperatura había roto un record de más de cien años ese mismo día. Este era un año de suerte para los Estados Unidos de Norteamérica porque se estaban rompiendo todos los récords mundiales. Los efectos de la gran ola de calor se traducían en una humedad insoportable. Marina de la Cruz nunca se había sentido tan caliente en su vida. El calor era pegajoso, sofocante.

——Aquí hasta el calor es más potente, pensó. Marina tenía razón ya que ni en la República Dominicana ni en Puerto Rico se siente tanto el calor como se siente un verano en Nueva York. En las islas caribeñas, los constantes movimientos de la brisa de sotavento y barlovento impiden la acumulación de mucha humedad en la atmósfera. Por más caliente que esté la temperatura, el ambiente se siente más agradable, más llevadero.

Marina sabía que no tenía otra alternativa que no fuera adaptarse al nuevo ambiente a como diera lugar. Al fin y al cabo todo en la vida es relativo a las aspiraciones del individuo. Ella sabía por experiencia propia que "el que quiere moño bonito aguanta halones". Pero si quería recibir una compensación por su sacrificio no podía olvidar jamás que "el que quiere comer pescado tiene que mojarse las nalgas". Marina, como todo los emigrantes que vienen a este país, quería alcanzar el progreso económico cambiando sudor por dólar. Realizando trabajos que los mismos americanos rechazan. Porque los gringos saben que desde los ghetos del sur vienen subiendo procesiones de emigrante ilegales, indocumentados, secos o mojados; recogiendo las porquerías que los del norte van botando. Convirtiendo para muchos inmigrantes el sueño americano en una amarga pesadilla. No había escapatoria para nadie. Marina tenía que ir asimilando paso a paso, las presiones que le depararan las circunstancias.

Entre las mayores virtudes que caracterizaban la vida de Marina de la Cruz, estaba la de ser una mujer muy astuta, muy sagaz. Además, estaba consciente de que su primer triunfo sería anotado si lograba entrar sin contratiempo en Nueva York y así darle una mordida a la gran manzana. Pero si ella quería alcanzar esta meta, este sueño debería cumplir con detalles minuciosos. Eran instrucciones dadas previamente, cuando estaba en Puerto Rico. Así lo hizo. Marina las siguió al pie de la letra. Se pegó a una señora para que la orientara acerca de cómo llegar a la dirección que traía. La mujer no hacía preguntas innecesarias. Hablaba lo menos posible para evitar que la descubrieran por su acento. Esa era una de las razones por las que también había escogido para su llegada el aeródromo Fiorello La Guardia. Este aeropuerto fue construido exclusivamente para el servicio local de los Estados Unidos. Por lo tanto, no hay un escrutinio por parte de las autoridades del Servicio de Inmigración de este país. Aquí solo se examina la documentación y equipaje de los pasajeros, cuando se produce una denuncia o existe una sospecha, visible o invisible, que los oficiales consideren atinada. Solo se realizan escrutinios a los viajeros que merezcan una investigación. Pero Marina temía a que los nervios le fallaran, que la traicionaran. Claro está, que sus temores eran infundados porque los documentos que ella portaba consigo pertenecían a los de una mujer puertorriqueña de su misma edad y contextura. Por eso, y por haber aprendido a hablar como los boricuas, no despertó sospecha alguna. La mujer no confrontó ningún percance de importancia a la entrada a este país.

Marina de la Cruz tomó su maleta. La trajo junto a la otra pasajera. Ambas se encaminaron a la estación correspondiente a los taxis amarillos de los que esperaban. Cuando le enseñaron al papelito que contenía la dirección del lugar hacia donde se dirigían, el conductor abrió los ojos como si se les fueran a brotar. Tras una mueca de disgusto el chofer optó por rechazar a las pasajeras.

Los viajes al Sur del Bronx eran evitados por los conductores de taxis amarillos debido a la funesta fama creada por la gran cantidad de delincuencia callejera en esa barriada newyorquina. Las consecuencias de este miedo a cargar clientes que vayan hacia la parte sur, es el resultado de la alta cantidad de crímenes violentos que ocurren en dicha zona. Desde hace varias décadas a esa parte del Bronx se le conoce como "La cocina del Diablo". El chofer no la hubiese llevado a su destino, si no es por la intervención de un inspector de la Comisión de Taxis quien lo amenazó con darle una multa si rechazaba la carrera. Con su actitud se estaba arriesgando a perder su licencia si se comprobaba que había cometido un acto de discriminación contra las dos mujeres, dejándolas en el aeropuerto. El conductor estaba furioso, enfogonado. Refunfuñando entre diente y nariz, agarró el equipaje de las pasajeras, lo colocó de mala gana en el baúl del carro y arrancó chillando las gomas. Se dirigía al Sur del Bronx como ánima que se la lleva el demonio.

De no ser por la hora pico en la que millares de automóviles se amontonan en las carreteras tratando de entrar y salir del área metropolitana, el viaje hubiese sido rapidísimo. No hubiesen tardado más de quince minutos para cruzar al condado del Bronx a través del Puente Triboro.

Doña Blanca Campusano llevaba varios años residiendo en la Isla del Encanto.

Se había marchado a Nueva York, huyéndole a la artritis y a los problemas en los que se habían involucrado sus tres hijos. El mayor estaba preso en la cárcel de Sing-Sing cumpliendo una promesa por violar a una menor. El más joven de los tres había desaparecido desde el mes de septiembre del año de 1983. La hembra, quien ahora tenía veintitrés años, al cumplir los dieciséis años salió con una barriga de un vecino y compañero de escuela. El apenas había cumplido los diecisiete abriles. Ambos terminaron en una casa de rehabilitación para drogadictos.

Doña Blanca estaba muy vieja. Se encontraba acabada para esos trajines, para esos menesteres de la vida. Las fuerzas se le habían ido de tanto luchar. Ella trabajó sola para criar a sus hijos. Su marido se fue sin esperar a que naciera el menor.

——¿Por qué mis muchachos no siguieron mi ejemplo?

——"Yo trabajé sola en este país sin la ayuda del vagabundo de mi marido que me dejó preñada con la barriga a la boca de tan grande.

——"Yo parí mi hijo solita. Solita". Así se oían las quejas de doña Blanca. Al mismo tiempo se pasaba la mano por el vientre recordando su última preñez. Meditando sobre los malos caminos que habían seguido sus hijos. Pero lo que más le duele a doña Blanca es que ella quiso irse a vivir a Puerto Rico cuando los muchachos estaban pequeños. Su error fue seguir los consejos de su prima que le ponía la cabeza loca cada vez que pensaba en volver para su Borinquen querida. Hoy está pagando con creces el no haber seguido los mandatos de su propia conciencia. Cuando decidió mudarse a Puerto Rico de retiro fue porque el médico se lo ordenó.

––Si te quedas en este infierno ve preparando tu funeral. ––No dejes que la artritis y tus hijos acaben con tu vida. No te olvides que solo tenemos una vida". ––"Vete al sol caribeño y no vuelvas si quieres salvar el pellejo". ––Así le decía el médico con tono medio sarcástico. Y tenía razón. Doña Blanca no podía resistir más la presión, el stress a que estaba sometida en la ciudad de los rascacielos.

En Puerto Rico pasó siete años. Ahora regresaba, por compasión a los nietos y a la hija. Esta había caído en el vicio de las drogas, tras haber sido una estudiante brillantísima en la escuela Santa Ana del Bronx. Doña Blanca era una mujer de un gran corazón. Era una puertorriqueña que vino por primera vez a Nueva York al inicio de la década de los cincuenta. Cuando vino trajo consigo un montón de esperanzas, de anhelos de deseos, de ambiciones. Ella vino como vienen casi todos los emigrantes, con los bolsillos vacíos, con la gracia de Dios, con una mano atrás y otra delante. Sin embargo, sus sueños no tardaron en convertirse en aborrecibles pesadillas. Lo que recibió fue una vida completa de amargura desde el primer día que pisó tierra Norteamericana. Estos golpes que da el destino no endurecieron su corazón porque su bondad no tenía límites. Por esa razón, doña Blanca Campusano se comprometió a ayudar a Marina de la Cruz. Doña Blanca no vaciló. Le enseñó a dar los primeros pasos tras llegar a esta gigantesca ciudad. No quería que esta mujer tuviera que pasar por todo lo que le ocurrió. Su vida había sido un calvario. Por eso, la orientó con muchísima paciencia para que no se repitiera en Marina la odisea que le tocó a ella sufrir. Fue mucho lo que ella tuvo que soportar cuando vino a Nueva York. Fue así como la llevó a vivir por unos días en su apartamiento que tenía ocupado desde hacía veinticinco años. En ese lugar nacieron sus hijos. Allí también comenzó su desdicha. De no ser por su fortaleza y su espíritu de protección materna, doña Blanca Campusano se hubiese desaparecido y terminado con su situación para siempre sin mirar hacia atrás. Pero ella era muy luchadora. Por esa razón se paró a enfrentarse contra lo que ella creía era su destino, su obligación. De esa forma malgastó su vida haciendo casi lo imposible para subsistir en la llamada Gran Manzana.

Cuando llegaron al lugar había un gentío enorme. En el edificio tuvieron que abrirse paso por entre el medio de los hombres y mujeres que tomaban y fumaban sentados y parados. En el pasillo principal del inmenso complejo de edificios, conocidos como proyectos, se encontraban gentes de todas las edades. En ese momento, doña Blanca avivó el paso. Se acercó un poquito más a Marina mientras le alertaba en voz baja, con disimulo para que caminara de frente y no mirara hacia ningún lado.

——"Recuerde lo que le dije. No mire a nadie a la cara. Y mucho menos a los ojos. Tampoco se le vaya a ocurrir decir ni media palabra de lo que está viendo". Marina siguió las instrucciones al pie de la letra. Pero no pudo evitar su asombro por lo que para ella era el comienzo de una larga cadena de sorpresas en esta ciudad. Estos eran episodios que iban a alterar la distorsionada visión que había concebido de lo que en realidad era la urbe newyorquina.

Como la inmensa mayoría de los inmigrantes, Marina de la Cruz tenía una concepción muy diferente de lo que en verdad, eran los Estados Unidos de América. Especialmente, en lo que se refiere a las grandes urbes metropolitanas como Nueva York. Su sueño era encontrar una ciudad limpia, sin borrachos en los pasillos, sin fumadores de estupefacientes en las esquinas. Jamás pensó que caminaría evadiendo los rostros alargados y las miradas vacías, sin expresión, como si salieran de lúgubres cavernas. Esa visión desdoblada de los inmigrantes que les proyecta una abundancia extraordinaria es la que ha creado el añorado sueño americano para miles y miles de dominicanos que, como Marina, se arriesgan a todo para venir a este país. La rapidez con que muchos criollos regresaban, envueltos en armazones de cadenas de oro macizo, ha formado una nueva subcultura, una nueva clase social. Esa innovación sociológica ha venido a ser como una cirugía plástica. Como un injerto para las empobrecidas barriadas de las poblaciones dominicanas que se han transformado de la noche a la mañana, con la varita mágica de los dólares norteamericanos. A la gente le gusta el progreso. Los que emigran vienen buscando progreso, huyendo despavoridos al hambre y la miseria que fustiga, con diabólica morbosidad, a los países del mundo.

La exageración en el tamaño de las prendas que exhiben muchos de los que regresan del coloso del Norte da la impresión de que estamos frente a los nuevos faraones caribeños, que quieren sabir de grupo social sin detenerse a pensar por un minuto lo que dice el refrán: "todo lo que brilla no es oro cuando brilla por oro lo que es cobre". Marina de la Cruz y muchos que como ella han podido salir de la

República Dominicana han sido víctimas de los bombardeos propagandísticos de los que se han ido y "progresado". De los que se han marchado casi en cueros, con la ropa de encima, y de repente han regresado a Quisqueya convertidos en ricos en un santiamén, de ahora para ahorita, como dice la gente. Estos son los modelos de progreso que muchos emigrantes están imitando. No es para menos. Puesto que los que regresan se desplazan ahora en carros lujosos. Echándole polvo y humo a los que antes se hacían llamar, so pena de persecución al que dijera lo contrario, "hijos de papi y mami". Estos eran los únicos que, hasta hace poco, se daban el lujo de manejar automóviles del último modelo. Mientras el grueso de la población dominicana se tiene que conformar con montarse, apretujados como bultos de un material desechable, en las guaguas sin frenos del transporte colectivo, y en los carranchos sin asiento que transitan, humeando, envenenando a los transeúntes de la Capital. Pero las cosas cambian porque no hay mal que dure cien años, ni cuerpo que lo resista ni aguacero que no escampe. El asombro mayor de este cambio lo ha sufrido la clase de abolengo. Lo que integran la cúspide del triángulo social en la nación caribeña se resisten a aceptar como bueno y válido que sus mansiones sean reducidas a achicaderos de animales cuando se les compara con las residencias de lujo cuyos dueños son personas que han salido hacia el extranjero en una destartalada yolita, tras subsistir en los arrabales marginados repletos de inmundicias, con menos dignidad que una rata despreciable. Envueltos en harapos. Viviendo en las frágiles casuchas de cartón, levantadas en las mugrientas orillas del contaminado Río Ozama. Son muchos los que no despiertan aún del asombro causado por el contraste de lo que eran hace un par de años con el bienestar que proyectan ahora los que han logrado volver al país. La diferencia es abismal, casi inverosímil. Lo peor de todo era que muchos de los que no olvidaban tan fácilmente su pasado miserioso hacían correr el rumor por doquier, como para meter miedo, de que los dominican yorks andaban en busca de revancha, cargados de pesadas cadenas como si quisieran negociar su peso en libras por el oro que llevaban puesto. Vestidos escandalosamente con ropa de marca americana para echarles vainas y romperles los ojos a los que antes los menospreciaban, amparados en el precepto de que los pobres tienen mala suerte. Por lo tanto, no tienen derecho a protestar ni a quejarse ya que después de todo, el becerro manso se mama su teta y la ajena. El fondo de todo era que los dominican-yorks volvían vociferando revancha. Gritando y saltando empayasados como si estuvieran en un circo romano:

——¡Se acabó la vagabundería! ——Se terminó el relajo que tenían los ricachones de este país! ——¡Qué es eso de club social ni qué carajo? ——¡Lo que importa son los cuartos y nosotros tenemos dólares verdes pa' botar! ——A nadie le importan los dientes de oro; ni las cadenas; ni los anillos ni las yipetas con bocinas gigantes para oir a todo volumen los merengues y las bachatas.—— El recién llegado que así hablaba sudaba como un caballo de carrera. Paró. Sacó un termo con agua purificada para evitar una diarrea inesperada. Se tomó un sorbo larguísimo y prosiguió:

——¡A los riquitos tampoco les importan los medallones, ni los diamantes; y mucho menos los zapatos sin medias. Porque eso es lo que está a la moda. Y lo que está de moda no incomoda, carajo! ——Los que venimos de los países pagamos el doble, y a veces el triple de lo que cuestan sus propiedades. Aunque no tengan títulos. Sin preguntarles cómo las consiguieron. ——¡Pero que tampoco se les antoje averiguar cómo conseguimos nuestros dólares! ——Esto es lo comí'o por lo serví'o; el guabá por el fleco; el rábano, por las hojas; y la mula, por el entierro."——

——Nuestros negocios son realizados sin tarjetas de crédito, ni papeleo.-

——Como dicen los haitianos a la hora de cerrar sus negocios: "d'agent n'ame bundao n'a terre. ("dinero en mano y fondillo en tierra").

Para quienes con mucho disimulo, criticaban la fanfarronería de algunos emigrantes cadenudos, era inconcebible la adquisición de tanta abundancia en tan poco tiempo. Pero la irritación es de gran dimensión cuando toca los sentimientos del General Juan "Pata'e Palo" Alcántara y a la familia Cementero. Que, con mucho disimulo y sabiduría, han venido haciéndose de la vista gorda, ante el exorbitante aumento en los precios de la propiedad privada en Arroyo Hondo, El Cachón de la Rubia, y El Valle de los Caídos. Pero a los nuevos millonarios les importa poco cosa el arrepentimiento de sus humilladores. Al final de cuentas, lo que importa es el dinero: "cuánto tiene, tanto vale". Ya nadie puede hablar ñanga-ñaga, basuras ni porquerías en este país. Porque nadie sabe quién es quién. Y de cualquier yagua vieja sale tremendo alacrán". Concluyó su extenso discurso el dominican-york.

Muchos de los que han regresado vienen a vivir en mansiones que parecen sueños, cuentos de hadas. Es como si de repente los aventureros emigrantes se encuentran una vieja lámpara de Aladino. La soban despacito y luego de una explosión inofensiva sale por el humito el gigantesco mago que los hace cambiar de status social de la noche a la mañana. Que los coloca igual o por encima de los que antes no los miraban con buenos ojos. Marina siempre recuerda que una vecina, que según le contaban sus amigas le tenía mucha envidia, logró emigrar al extranjero. Cuando regresó llegó envuelta en valiosas prendas que incluían perlas y diamantes. Alquiló un carro de lujo. Se paseó por las barriadas de San Francisco de Macorís para que todos se murieran de envidia. Para los críticos locales, la mujer, lejos de exhibir su belleza, iba haciendo el ridículo en su afán de llamar la atención, porque vivía en Nueva York. Cuando se le acababa el dinero, sin carro y sin brillo, pasaba inadvertida. La emigrante abandonaba su pueblucho para irse en busca de más dólares. Sacándole un ojo a los otros aunque ella se quedara ciega. Como ella hay miles que a diario se lanzan esperanzados en que el mundo que se pinta en la televisión es el que les espera en el territorio de Norteamérica. Esta visión distorsionada es la que provoca que miles de dominicanas y dominicanos hayan perecido ahogados en el Mar o devorados por las bestias marinas. Especialmente, los tiburones y barracudas que plagan las aguas atlánticas y caribeñas, que sirven de puente a quienes ponen en peligro sus vidas. Huyendo despavoridos de los tormentos de una situación social política y económica insoportable. Situación que ha creado un statu quo de miseria y desesperación constante en las empobrecidas naciones localizadas en el hemisferio occidental. Solo eso explica la temeridad de los atrevidos viajeros indocumentados que se lanzan a la aventura de cruzar el Canal de la Mona aún cuando conocen los peligros de las aguas. En particular los tiburones pertenecientes a una manada de los llamados "tigres del mar" porque atacan a los náufragos con salvaje agresividad. Esto no se detienen ante ningún repelente, si es que lo hubiera. Por otro lado, a lo implacables escualos se les unen sus parientes acuáticos conocidos como barracudas. Estas se meten dentro del campo de ataque de los tiburones para pescar en las aguas revueltas del naufragio. Haciendo uso de su instinto bestial, combinandolo con su inteligencia casi humana el pez barracuda se aprovecha de las víctimas indefensas, aturdidas, aterrorizadas cuando se acercan boquiabierto a dar la fatal dentellada.

Para nadie es un secreto que la emigración es, hoy por hoy, la principal válvula de escape para la enorme presión económica y social que se ha creado en las naciones pobres del mundo. La República Dominicana ocupa en la actualidad uno de los primeros lugares en materia de emigración masiva, fundamentalmente hacia los Estados Unidos de América. Quisqueya es el suplidor principal de la mano de obra de U. S. A. Ese es un problema, una realidad tan vieja como la conquista. En aquel tiempo, los quisqueyanos querían irse y muchos lograron abandonar la isla para irse a México o a Perú. Pero ahora los quisqueyanos, tan ambiciosos como sus antepasados, luchan a brazo partido por alcanzar tierra norteamericana, convencidos de que todos sus problemas serán resueltos, de que sus males serán curados. Esa es la meca de quienes sufren miseria económica y persecución política en su país de origen. La solidez económica de USA, así como otras características sociales, hace de este país el edén a donde casi todos quieren llegar. Sin importarle que la osadía les cueste la vida. Para llegar al edén, atraviesan montañas plagadas de fieras en largas jornadas, caminando millas y millas por Sur y Centro América hasta alcanzar a México. Luego de atravesar la enorme nación de los Aztecas, llegan con poca energía. La odisea los ha agotado. Lo han perdido todo, hasta el modo de caminar. Conducidos por polleros y coyotes que les violan los bolsillos y sus cuerpos, los indocumentados arriban a la orilla sur del Río Grande. Junto a la margen del río fronterizo, esperan y esperan. Esperan un golpe de buena suerte, mezclado con un buen tiempo para lanzarse a pasar el río, rogándole a todos los santos incluso a los que aún no han sido canonizados, que las águilas gigantescas con sus ojazos azules no hayan podido dormir durante el día. Así los ilegales, excitados como liebres, se aprovecharán del descuidado cabeceo de las aguilas de migración y llegarán sanos y salvos, riendo a carcajadas por estar en tierra de libertad, en la nación yanki. Por haber alcanzado el sueño dorado, el sueño Americano.

Sin embargo, hay otros cantidades enormes de emigrantes que hacen como Marina de la Cruz. Estos eligen para sus viajes clandestinos embarcaciones frágiles e inadecuadas para atravesar del Sur al Norte desafiando los tenebrosos y misteriosos mares. En la mayoría de los casos son naves de bajo calado escogidas con desesperación por quienes además de tener limitados conocimientos de navegación se les importa poco embarcarse en yolas detartaladas si ello implica más dinero para sus bolsillos o ganarle la partida de la competencia de los traficantes. En muchas ocasiones, cuando esas embarcaciones se hacen a la mar, se despedazan en un pestañear de ojo, en un verlo venir. Estas se hacen añicos cuando son embestidas por las gigantescas olas que aparecen de sorpresa en el horizonte como si fueran enormes montañas, como gigantescas piezas de dómino.

El termómetro seguía marcando las altas temperatura que se registraban como resultado de la gran ola de calor que azotaba a la región este del Estado de Nueva York. La marca de los 90s era común. En esos días, la temperatura estaba tan elevada que se podía, con poco esfuerzo, cocinar en el pavimento de las calles. Eran muchas las personas que habían muerto en el verano del año de 1984. Por esa razón, las autoridades correspondientes alertaban constantemente a los newyorquinos a que no abusaran exponiéndose a los rayos solares pues podían deshidratarse. La confusión era tal, que un grupo de charlatanes adivinadores que tanto abundan en este país, se atrevieron a ver en sus bolas de cristal el exterminio de la Babel de Hierro. Mientras que sacerdotes y pastores, que no querían quedarse atrás, voceaban con estruendosa ceremoniosidad desde los púlpitos de los templos, "que se arrepintieran los pecadores" porque, según ellos, el fin estaba al doblar de la esquina". Todo el que le pusiera atención a las sandeces de sus prédicas llegaba a la conclusión de que los días de Sodoma y Gomorra habían llegado a Nueva York y que de esta fatalidad no nos salvaba "ni el brujo de la tribu," ni Mandrake el mago.

Marina y doña Blanca se hallaban reposando en su apartamiento tras una sabrosa comida que habían preparado con sabor caribeño, para no perder la costumbre: arroz con guandules, carne de res, trocitos de plátanos bien tostaditos, dizque para mantener la cultura gastronómica latina. Mientras reposaban, ambas miraban la televisión. Entre anuncio y anuncio cambiaban los canales para no perderse el desarrollo de las telenovelas que se proyectaban a esa hora. El Canal 41 presentaba un capítulo más de La Indomable. Por su parte, el Canal 47 proyectaba a Los Ricos También Lloran.

——¡Qué malo es tener un solo aparato de televisión en el apartamento! ——Dijo quejumbrosa doña Blanca.

——A usted parece que no le entusiasma mucho la tele.——Añadió doña Blanca. Marina se limitó a sonreír con los labios entreabiertos.

——Pues le diré que a mí, en cambio, me fascina mirar la televisión. Es como si le trajeran el mundo a su casa en esa cajita. Ahí se aprende todo. Pero despreocúpese-siguió afirmando la mujer—— que con el paso del tiempo ya usted se acostumbrará a que si no puede ir al teatro, la telenovela que usted prefiera será su entretenimiento".

——Es cuestión de adaptarse, de asimilar las costumbres. El tiempo se encarga de eso. ——Puntualizó la veterana mujer, como queriendo consolar a Marina que parecía en este momento estar más lejana que nunca.

En verdad lo estaba. Su mente comenzaba, ahora que su cuerpo se agotaba, a viajar con menos inhibición. Así iba volando de nuevo para encontrarse junto a sus hijos. Volviendo a repetirse aquella cadena interminable de preguntas sin respuestas. El "flashback" de su vida volvió a pasar por su mente como si fuera una película. Viviendo cada recuerdo. Sobando con la mente cada experiencia, cada momento, como el que hace una cadena, eslabón por eslabón. Como el moribundo, que desanda los pasos que ya ha caminado. Como el que quiere desenredar la madeja de toda su vida. Como si con ello pudiera enmendar errores y realizar todo lo que no pudo hacer. Regateándole a su Creador tras una oración brevísima, tras un desabrío mea culpa, el envío de su alma al purgatorio. A sabiendas de que no tiene derecho a irse derechito al cielo porque se pasó la vida pecando mezquinamente. Sin importarle un pepino los mandatos de la santa madre iglesia. La misma iglesia, que a través de sus predicadores y lo amenazaba jurándole que si no se entregaba a tiempo, si no se arrepentía le vaticinaban un viaje sin escala. Iba derecho, derechito, a las profundidades del infierno. El cuerpo de Marina de la Cruz seguía allí como si estuviera petrificando. Pero su mente seguía su ruta sin obstáculo, con absoluta libertad. Volando. Volando.

Eran las once de la noche. Los canales hispanos daban a esa hora un resumen de la principales noticias del día... "Tres personas habían sido encontradas degolladas en su apartamiento en lo que la policía consideraba que fue un ajuste de cuentas entre grupos rivales por asuntos relacionadas con el negocio de las drogas".

"Un maniático tenía secuestrada a una madre con sus tres hijas en el techo de un rascacielo en el complejo de edificios de la calle Delancey en la parte baja de Manhattan". La policía y los cientos de mirones que allí se habían congregado para presenciar el desarrollo de los acontecimientos parecían estar más preocupados por salir en los noticieros de televisión, que por las vidas de los secuestrados.

Pero en virtud de que estamos viviendo en una sociedad de consumo, las voces de los anunciantes se sucedían una detrás de la otra:

——"El camarón que se duerme, se lo lleva la...No señora, lo pesca Goya y se lo vende enlatado". Como si quisiera evitarle al consumidor la molestia de mojarse las nalgas.

——No arriesgue su dinero ganado con el sudor de su frente..."Envíelo con la remesadora que nunca falla".

En el Canal 47 una doctora hacía un llamado desesperado a las mujeres "que tenían problemas de salud para que corrieran a consultarla porque "en su centro hablaban su idioma". Por su lado, el Canal 47 presentaba a un hombre vendado de pies a cabeza como si fuera una momia egipcia, mientras el abogado que le acompañaba le afirmaba a lo televidentes en un español refinado que "el era el número uno en materia de inmigración y que para cubrirse en caso de que fuera necesario, había hecho una especialidad en mala práctica médica y accidentes causados por caída en el trabajo". El ejemplo que ponía frente a los televidentes como prueba de su eficacia era esa figura enmuletada, que a duras penas podía respirar a consecuencia de los vendajes.

Debido al cansancio, el nerviosismo, la tensión y el ajetreo que le había producido el viaje, Marina de la Cruz fue cayendo en un sueño profundo. Se dejó caer como si fuera un saco de plomo. Estaba exhausta, agotada. Por lo que ni siquiera se dio cuenta cuando doña Blanca la ayudó a levantarse del mueble en el que se había quedado dormida. Como estaba somnoliente fue dando traspiés. Ayudada por doña Blanca Campusano. Pisando lento. Apenas tocando el piso como si flotara, salió y entró a la habitación. Sacó una sábana del armario. La arropó con cautela para que no despertara. La temperatura había descendido drásticamente y Marina podrá enfermarse con una gripe mientras su cuerpo se adaptaba a los altibajos del clima de Nueva York. Doña Blanca sabía muy bien que uno de los grandes problemas que confrontan las personas que, como ella, provienen de la calurosa región caribeña, es ajustarse al sube y baja del tiempo que ocurre en este país durante las cuatro estaciones del año. Pero como quieran dicen de uno, y el tiempo no está libre de la crítica popular. Se dice por tanto, con muchísima razón, que en este país el clima es loco. No hace falta ser siquiatra para concluir que los newyorquinos le atribuyen un comportamiento de demencia a las condiciones climáticas.

Unas cuantas semanas después, cuando ya Marina se había adaptado a muchas cosas de Nueva York, su vida comenzó a tomar un nuevo giro. Una comadre de doña Blanca Campusano la llevó a la factoría en donde trabajaba. Marina de la Cruz fue dichosa. Salió con el pie derecho de la casa porque ese mismo día quedó trabajando. La probaron y dio la talla, pasó la prueba en la fábrica de efectos deportivos, localizada en la parte norte del condado del Bronx. Tras una serie de momentos amargos perdiéndose por aquí, y por allá, Marina aprendió muy pronto a usar el transporte colectivo de trenes y autobuses que recorrían la trayectoria desde su casa al trabajo. Marina había empezado a trabajar ganando el salario mínimo. Pero como siempre, le caía bien a los jefes, estos "les metían la mano", dándole tiempo extra semanalmente para que alargara el sueldo. Con la cantidad de horas extra que laboraba durante la semana, rendía el salario para pagar su habitación, la comida y el transporte. Como era una mujer muy atractiva, estaba forzada a gastar dinero en el cuidado de su apariencia física, de su belleza exterior. En la semana que se controlaba o no se le iba la mano, sacaba algo de dinero para mandárselo a su familia en la República Dominicana.

Marina de la Cruz era muy obediente. Siguió al pie de la letra los consejos de doña Blanca durante los dos meses que estuvo viviendo en el Sur del Bronx. Nunca salió innecesariamente de su apartamiento. Si iba de compras a la bodega de la cuadra, regresaba lo más rápido posible sin entablar conversación con nadie que la piropeara, que la enamorara. Las instrucciones de doña Blanca eran clarísimas. Lo más importante de todo era que sus consejos provenían de la fuente de su larga vida, de su inaudita experiencia en la Babel de acero, en la ciudad de Nueva York. El propósito de doña Blanca era proteger a Marina de cualquier problema que pudiera perjudicarla en la vecindario. Por eso siempre le decía con énfasis maternal:

—No visite a ninguna persona aunque viva en el mismo edificio. Aunque vivan puerta con puerta. —Nunca se olvide del refrán que dice: "no vaya a casa de nadie que nadie sabe como está nadie". —Mire Marina, aquí hubo un hombre joven llamado El hijo de Sam. El maldito parecía un santo, con los ojos azulitos como el cielo, tenía la piel blanquita como la porcelana. Las mujeres, menos yo, se derretían por ese hombre. Parecía que no mataba una mosca y luego salió siendo uno de los criminales más grande que tuvo los Estados Unidos entero. No hubo un solo condado que ese asesino no le limpiara el pico a hembras y varones. Por fin le echaron el guante porque para la policía no hay crimen perfecto.— Marina la escuchaba con atención.

—No se olvide que esto es Nueva York. La persona que camina junto a usted, la que se sienta en el tren o en la guagua o la que baila en un party, puede ser un criminal.

—Usted sabe que mi gente cambia, como cambia la suya y la de todo el mundo que viene a este país cambia de un día para otro. —"Los boricuas que yo conocí en la Isla se transformaban por completo al pisar tierra Americana". —"Si te pisaban te pagaban con un excúseme de mala gana".

——Todo lo que uno oía era "I don't care". ——¡Y ay de una si alguien chocaba o empujaba en las estaciones de los trenes! ——Fácilmente te sacaban una cuchilla de dos filos que brillaba a los lejos. Una, pa' salva' el pellejo, echaba a correr to'e pesta' por ahí pa' bajo. ——Una iba embalá' como si fuera un tren expreso. —Así es Nueva York". ——Terminó diciendo doña Blanca, mirando directo a los ojos de Marina para comprobar que seguiría sus consejos.

Las salidas más importantes las realizaba los domingos. Como era una mujer de la zona rural, tenía la costumbre de levantarse temprano, de madrugar aunque fuera a dar vueltas en el apartamiento. Pero algunas veces se iba a comprar las comidas o cualquier ropa que necesitara. De vez en cuando sacaba tiempo para ir a la iglesia.

Marina de la Cruz no se hubiese mudado nunca de la vivienda de doña Blanca Campusano de no ser porque su hija terminó la rehabilitación. La joven mujer regresó al apartamiento con el fin de hacerse cargo de sus tres hijos. En parte, doña Blanca estaba muy contenta al saber que su hija venía. Pero estaba a la vez, desconcertada y abrumada por la partida de Marina de la Cruz, quien le sirvió de buena compañía durante los meses que estuvo viviendo en su hogar. En aquellos meses tan cruciales de su vida que era cuando más necesitaba de una compañera como Marina para poder sobrellevar sus angustias, sus penurias. Ya doña Blanca se había acostumbrado a la presencia de la quisqueyana porque para ella Marina de la Cruz era una mujer "sin vueltas flojas"; sin malicias, sin triquiñuelas como otras que ella había conocido. Durante su estadía en el Bronx nunca le dio ningún problema porque era una mujer muy tranquila. Pero doña Blanca Campusano se consolaba a sí misma. La vida le había enseñado que las cosas buenas no duran para siempre. El mundo tiene que continuar con su trayectoria.

Marina de la Cruz se mudó a la sección newyorquina de Washington Heights. En este lugar, conocido en el mundo hispánico como "El Alto Manhattan", la mujer consiguió un apartamiento situado en el 666 West de la Avenida Saint Nicholas. La misma corre apareada con las avenidas Amsterdam y Broadway. Ahora se encontraba más cómoda porque estaba viviendo más cerca de su trabajo. La factoría de efectos deportivos en la que trabajaba había sido trasladada al otro lado del Río Hudson, en el estado de Nueva Jersey.

En estos días había una guerra de impuestos despiadada. Los cuerpos propagandísticos de Nueva York y Nueva Jersey luchaban a brazos partidos para lograr su hegemonía económica. Para ello, los gobernadores de ambos estados utilizaban todos sus recursos propagandísticos. Nueva York se defendía. Nueva Jersey fustigaba los altos impuestos que estaban llevando a la quiebra a las principales compañías de la Gran Manzana. Sin pérdida de tiempo, el Estado Jardín atraía a las compañías manufactureras de Nueva York a que empaquetaran sus pertenencias y se fueran al otro lado del Río Hudson en donde los impuestos les permitirían prosperar económicamente junto a su empleomanía de emigrantes. La factoría en donde trabajaba Marina fue seducida.

Atraída por los cortejos, por las ofertas económicas; se fue. Por mera coincidencia, Marina de la Cruz se benefició de este cambio porque en tan solo quince minutos cruzaba el gigantesco puente George Washington y allí mismo estaba en el centro de trabajo, en la factoría. Por ese lado, tenía su problema resuelto. Además, tenía que ahorrar hasta el último centavo para acumular el dinero mensual del alquiler del nuevo apartamiento. En este país, el pago de alquiler de la vivienda es uno de los rompecabezas de los inmigrantes. Ella estaba consciente de que el cambio del Bronx a Manhattan le resultaba de mucha conveniencia económica. También sabía que todo no es color de rosa porque una cosa arrastra la otra. La bondad tiene sus contratiempos. El beneficio que encontró al mudarse al Alto Manhattan se convirtió en una espada de doble filo. Había ahorrado tiempo y dinero por un lado. No transcurrieron, sin embargo, muchos días para darse cuenta de que no había tal economía ya que estaba más expuesta a las fiestas de fin de semana. Los llamados "parties" de "week ends" se chupan como una aspiradora los salarios de los inmigrantes dominicanos de Nueva York. Ahora se sentía más confiada por encontrarse entre su gente, entre los dominicanos ausentes. Aunque ella no quisiera salir a las fiestas, la presión de sus compañeras de la factoría era más convincente y terminaba cediendo. Nadie se atrevería a culpar a Marina de la Cruz porque las fiestas de los inmigrantes durante el fin de semana son como escape a la presión, al stress que produce esta gran ciudad. Las invitaciones le llovían.

¿POR QUE TE VAS?

¿A dónde vas Marina?
¿Por qué te vas?
La malas lenguas dicen aquí
Que te vas pronto de este país.

Que ya no puedes resistir más
La gran miseria y no sé qué más.
No le hagas caso al "qué dirán".

Todos critican por mal, por bien.
Pues el progreso lo alcanzarás
lo mismo aquí que en Borinquen.

Sé que deambulas sin dirección.
Vas para arriba.
Vas para abajo;
No sé qué más.

¿Es que andas en busca
de quien rompió tu corazón?
Díme Marina: ¿A dónde vas?

Cruzarás las aguas del ancho Mar.
Buscarás progreso aquí, allá.
Llegarás hasta el Norte donde brilla el Sol;
Donde el Tío Sam te quedarás.
¡No te vayas Marina!
¿Por qué te vas?

Félix Darío Mendoza

EL AMOR TOCA A SU PUERTA

Siempre se ha dicho que en la confianza está el peligro. Pero Marina de la Cruz no veía nada malo en sus actividades cotidianas. Se sentía como pez en el agua viviendo en el Alto Manhattan. Fue esa confianza en el ambiente que la rodeaba la que la condujo a caer entre las redes de un segundo amor.

La llegada de las fiestas en el Día de Acción de Gracias, la pusieron en contacto con Alex Rincón. A ella se lo presentaron como el Supervisor de una de las plantas procesadoras de café más grandes de Nueva York. El encuentro tuvo lugar en una fiesta de las que se celebran para conmemorar el Día de "Thanks Given", que por coincidencia, cae con la llegada del invierno.

Alex Rincón era un hombre corpulento de tez clara y de ojos verdes como la foresta de su isla. Tenía unos treinta y nueve años de edad y le gustaba bailar como un trompo. Los que le conocían afirmaban que Alex bailaba hasta los anuncios comerciales si venían acompañados de música. Para nadie era un secreto que él se ponía como un loco cuando se le hablaba de fiestas. Y la inseguridad en el movimiento de sus ojos lo denunciaban a leguas como un mujeriego de pura cepa. Sin embargo, lo peor que tenía Alex Rincón era que cuando se bebía dos tragos de ron parecía un perico. Se asimilaba a una cotorra bochinchando porque hablaba a diestra y siniestra; 'hasta por los codos. Sus padres lo habían traído de la Habana, Cuba, al principio de los años 60's. Alex era muy amistoso pero cuando se emborrachaba se ponía impertinente, insoportable. Casi nadie lo quería ver a su alrededor. En ese estado era lo que se llama un callo, un dolor en el cuello, un fastidio, un martirio total. No obstante, a Marina de la Cruz le fascinaba la forma de ser de Alex Rincón. Al fin y al cabo, siempre se ha dicho, con sobrada razón, que la justicia y el amor son ciegos. Y que para los gustos se hicieron los colores.

Las relaciones entre Marina y Alex se iniciaron. Ella comenzó a salir con él. Al principio iban a algunas fiestas durante los fines de semana. La excusa que Marina daba a sus amigas cuando se le preguntaba por qué había salido tan pronto con ese hombre sin hacer ninguna averiguación de su vida, atribuía su ligereza a la soledad. En efecto, Marina se sentía muy sola al igual que los demás inmigrantes. Ella se hizo de la vista gorda y puso a un lado los vicios de Alex Rincón porque necesitaba de un compañero que la amara y la cuidara. El cubano le había jurado amarla con todo su corazón hasta que el destino los separara. Por su lado, las compañeras de Marina enjuiciaban a Alex como un don Juan empedernido. Según ellas, él tenía lo principal para atraer a las mujeres: la lengua convincente y una apariencia física llamativa. Marina había sido una nueva víctima para que el cubano se diera un buen banquete de cerebro. Después que le lavó el cerebro, se lo comió. La engatusó, la convenció para que salieran a gozar, a divertirse para combatir la soledad que la abrumaba. Que la acongojaba desde que llegó a este país. Se enredaron sin pérdida de tiempo, como si se tratara de una pareja de mozalbetes en cuyos glúteos se han enterrado las flechas de Cupido con asombrosa puntería. No valieron para nada los consejos de sus amigas. Marina estaba perdidamente enamorada de Alex Rincón. Con el paso del tiempo se les veía juntos en la fiesta mensual de la factoría en donde se premiaba a la trabajadora que rindiera más en el trabajo que se le asignaba. Como a ambos les gustaban las fiestas, asistían a las que se llevaban a cabo en los apartamientos de Washington Heights. Parecían dos palomitas en zinc caliente. Marina lo abrazaba y lo besaba sin inhibición. Como si quisiera que las demás mujeres sintieran celos. Como si quisiera que todas supieran que ese hombre le pertenecía. Por momentos, cuando ella se descuidaba, Alex se le zafaba del lado aprovechándose del gentío de la fiesta. Luego se veía próximo a los tocadores, a los baños en donde las mujeres entraban y salían mientras él se aprovechaba de cualquier cosa para acercársele a la que más le gustara. Cuando ninguna presa caía en su trampa frustrando sus aspiraciones de conquistador de corazones, de cazador de mujeres, de machista empedernido, corría con una cara de frescura, de perro zalamero a buscar las calenturas de los brazos amorosos de Marina de la Cruz, con los parpados medio caídos, y las pupilas entristecidas, se iba recostando en el pecho de la mujer. Se iba apoyando en su regazo hasta que quedaba en una posición en donde se acurrucaba. Era como un pajarito que siente frío y se mete bajo las alas de la gallina, para acurrucarse, para calentarse. Y el pecho de Marina era calientito. Alex había caído prisionero de sus propias redes porque se había enloquecido con el tratamiento amoroso de la dominicana. Ya no podía pasar un día sin verla. Por eso le declaró que estaba perdiendo la cabeza por ella. No había quien se atreviera a enamorarle la mujer porque su machismo latino, combinado con la fogosidad de los caribeños, producía una demostración de celo devastadora.

——"Esa es la mujer que yo más quiero, carajo! ——El que quiera saber lo que es un hombre, un macho cubano que se atreva a decirle un piropo o echarle mano a Marina".

——"Le apuesto peso a cabo de túbano que le arranco la cabeza al que se ponga de fresco con mi mujer". Como Alex Rincón era vanidoso se felicitaba al decir ——¡Qué hembrota me he encontrado yo! ——A Marina se la juego yo a cualquier mujer que ande con la barriga pa'lante y las nalgas pa'trás".

——¡Y se la juego en cualquier terreno carajo!

Así se escuchaba la voz del cubano. Habanero de pura cepa, original. Al tiempo que perseguía por doquier a Marina de la Cruz. Como si quisiera que todo el mundo supiera que él había sido el conquistador, el vencedor en la batalla que venía librando contra muchos hombres desde que conoció a la quisqueyana. Eran muchos los que estaban desesperados por echarle el guante a lo que para Alex era una gran conquista amorosa. Marina era para Alex: ——"Un tronco de mujer."—— Lo decía con orgullo. Con la boca humedecida. Mucho de sus contrincantes no se atrevían a decirle nada, se le acercaban, la miraban de reojo porque todos sabían la fama de Marina de la Cruz: El hombre que le veía directo a las pupilas de los ojos, quedaba hechizado para siempre. Perdía la razón. Se ponía a sus pies. Por eso era que muchos de ellos solo amagaban y no daban. Le temían al embrujo femenino de Marina de la Cruz. Algunos hombres hacían creer a sus compañeros que estaban listos para probar su virilidad, su hombría. Pero cuando llegaba la hora de la prueba, de la verdad, en el momento de enfrentarse "tú a tú" con la hermosa mujer, salían atemorizados. Como perritos miedosos, metiéndose el rabito entre las piernas. Dando unos ladridos afeminados sin importarle la burla de sus compañeros, ni la ridiculez de su machismo.

Lo que diferenciaba a Alex Rincón de los demás hombres era su convicción de que en cosas del amor no se puede tener pena ni vergüenza. Al cubano le sobraba de todo. Incluyendo la valentía para perseguir y seducir a las mujeres con una insistencia melcochosa, con una zalamería canina. A la mujer que le caía encima no la salvaba nadie. No era para menos, pues siendo poseedor de una apariencia personal como la que él tenía era suficiente para convencer o vencer a las mujeres. Las ponía de vuelta y media. Él tenía algo que las hacía delirar hasta la locura. Pero entre sus secretos varoniles, su característica principal era la lengua que tenía. Alex era lo que se llama un individuo labioso, zalamero, pegajoso. Esto le facilitaba su labor de conquista porque adormecía a las mujeres. Las embobaba con su vocabulario rico. Plagado de palabras melcochosas que fluían de su boca como una chorrera azucarada de melao de caña, de guarapo espumoso, amarillento. Él las acurrucaba con su verborrea donjuanesca. Con palabras dichas en un tono que se les iba metiendo lentamente, con suavidad, en los tímpanos de los oídos.

Con Marina el trabajo no le resultó difícil. Todo lo que le decía se le quedaba adentro. Sus palabras amorosas eran como entonaciones musicales a los oídos de la mujer enamorada. Su melodía era suave, suavecita. Suave. Sus frases eran sedosas. Como las plumas de un ave, tan coloridas como embrujantes, tan encantadoras que la mujer se le entregaba sin vacilación cuando él la adormecía susurrándole medio ronco:

—Tú eres especial Marina. Tú me enloqueces, mujer. Soy todo tuyo, mamacita. Te lo juro negrota, por Santa Bárbara bendita, que soy solo tuyo.

Es más, la gente decía que había muchos hombres que al ver a Alex Rincón acercándose a sus esposas, a sus hembras, se ponían como toros bravos.

Cepillaban el suelo con las patas, lanzando humo por sus narices como resultado de sus celos. Muchos querían protestar pero se contenían avergonzados por su poca hombría, por su falta de masculinidad:

—¡Qué celos ni que ocho cuartos carajo! Siempre se ha dicho que los hombres tenemos que ser machos y disimular lo que uno siente, lo que uno sufre.

—Los lloriqueos son cosas de mujeres. —¿Qué culpa tenemos nosotros de que ese cubano tenga lengua de miel y la sepa usar? —Allá ellas si se quieren dejar engañar por la apariencia de ese hombre.

Los celos los mataban. Ni siquiera se daban cuenta de que si es cierto que el hábito no hace el monje, también es innegable que el vestuario lo distingue y que la apariencia es engañosa. Pero lo que más les dolía y les delataba su ira por la actitud de Alex Rincón, era su disposición a enamorarles las mujeres al frente de sus propias narices. Sus bramidos de toros en celo solían venir acompañados de una sustancia parecida a la espuma. Aunque no era más que baba en su proceso de convertirse en saliva. Dejando tras sus pujidos de furia infernal largas hileras que se desprendían de sus labios temblorosos por la estupidez de su machismo.

Alex aprovechó todos sus recursos para asegurarse de que Marina fuera para él y de nadie más. Por esa razón, le prometió de todo, con el propósito de premiar su decisión de amarlo con entrega. Así la quería el cubano. Sola. Solita para él. Las alternativas de Marina de la Cruz para rechazar a un hombre tan decidido, tan absorbente eran muy pocas. Además, los "no" que pronunciaban sus gruesos labios, se volvían "sí" involuntarios cuando estaba cerca de este hombre que llegaba en el momento preciso, a la hora indicada por el destino para despertar la hoguera que estaba bullendo en su interior. Alex Rincón tenía la antorcha. Ella tenía un río de pasiones sensuales, ardorosas, como si fuera un volcán a punto de erupcionar. Preñado de lava incandescente.

Sin vacilar, sin más para acá ni más para allá, Marina le dio el sí a ese hombre a quien a penas comenzaba a conocer. Mientras tanto, sus amigas se preguntaban: ——¿Qué fue lo que la motivó a caer en esas relaciones amorosas tan rápido con Alex Rincón? ——¿Por qué se hundió tan precipitadamente en esta nueva trampa que el destino le tendía? ——¿Por qué tenía que dejarse convencer de esa manera, tan fácil, sin resistencia, como si estuviera convencida de antemano?

La explicación a esas interrogantes se podrían encontrar en las diferentes etapas de presiones sociales y psicológicas a que son sometidos los inmigrantes en los Estados Unidos de América. Es, obviamente, una situación caracterizada por un cuadro de alegría-nostalgía, euforia-nostalgia. Estos elementos parecen estar atados a los emigrantes desde el momento que inician la travesía y permanecen con ellos, dependiendo de como le haya ido a la persona en el país al que ha emigrado. Marina de la Cruz pasó por todas esas etapas. En cada episodio de su odisea emigratoria su consistencia psicológica era sometida a una dura y rigurosa prueba. Pero la prueba estaba aquí. El reto la acompañaba cada vez que se encontraba con una experiencia nueva en la gran ciudad, en la Gran Manzana.

La mujer se encontraba en soledad en este país. Sin familia, sin ningún aliento cercano para que la estimulara a continuar la lucha por su futuro. Especialmente a ella que tanto le preocupaba el bienestar de los hijos que había dejado atrás. Esa soledad que la acompañaba desde que vino al mundo era un motivo de preocupación constante para ella. Una justificación más que suficiente para el estado en que se encontraba. Marina se veía vulnerable. Estaba en el borde de un precipicio. Pendiendo de un hilito. Cerquitita de lo que la ciencia llama un "brake down" mental. Esa soledad era como el motivo que daba entrada a la llama de su tormento en torno al futuro. Pero lo que más la consumía era el porvenir de sus dos hijos por quienes estaba dispuesta a sacrificar hasta la vida, si fuera necesario. Paradójicamente, Marina de la Cruz había llegado a un lugar repleto de gentes de todas partes del mundo. Sin embargo, se sentía en la más completa desolación. Para ella, cuando salía del encerramiento de su edificio caminaba entre momias, entre marionetas, entre muñecos que ––movidos por cuerdas invisibles–– vienen y van con una dirección pre-trazada. Salir a caminar en Manhattan era para ella como pasear en un cementerio de hombres. La frescura de los rostros hispanos se había enfriado al contacto de la frialdad anglosajona. La sonrisa caliente de los caribeños se había congelado. Ahora se guardaba en un rincón del alma para sacarla a relucir con el orgullo de un día en "la gran parada puertorriqueña, en el desfile de la hispanidad, en el fragmentado desfile de los dominicanos ausentes". Marina sabía que la algarabía de los discursos de los grandes mariscales, las banderas, los merengues y las salsas eran pasajeros. Que al caer la tarde, de ese día de fiesta cultural, de comidas exóticas, de vestuarios empayasados, todo volvería a centrarse en la factoría, en los subways, en los autobuses, en la puente George Washington, en el salario semanal, en le apartamiento, en el Alto Manhattan, en Nueva York. Con sus ojos de emigrante inadaptada, Marina veía a los dominicanos como seres somnolientos, caminando por el mundo como muertos en vida, como en el aire, como zombíes. Con un futuro tan incierto como sus propios orígenes. Con un zigzaguear, con una ambivalencia determinada con mucha antelación. Esas masas de seres que se observan en las mañanas y en las tardes incrementaban la gran soledad que agobiaba a Marina de la Cruz. Haciéndola sentir como si estuviera solitaria contra todos. Como el que hala del extremo de una cuerda contra numerosos contrincantes en el lado opuesto. Es que las grandes metrópolis son así. A la persona se le asigna un número y tienen que aprendérselo. Grabárselo en su memoria mientras vida tengan. Luego, la persona actúa y sigue las instrucciones como si fuera un autómata. Jamás tiene derecho a cuestionar el por qué un ser humano se ha convertido en un número. Paseando de pantalla en pantalla, de computadora en computadora, de terminal en terminal, por aquí en los Estados Unidos de América todo está ordenado, computarizado. Si no fuera así, este país sería un verdadero caos sociológico. El Coloso sería un enano. Por ello, y porque hay tanta gente, uno se vuelve impersonal, egoísta. Esa es la única manera en la que uno puede sobrevivir, disminuyendo la posibilidad de tener grandes problemas en esta gran ciudad. En urbes metropolitanas como Nueva York, el introvertido se destapa, se desvela. Aquí se acaba la timidez, la inhibición. Aquí habla el parco y calla el parlanchín, el hablador. De esa manera, cuando se están acercando las festividades navideñas aumenta la presión psicológica. También se acrecenta la soledad. Marina se sentía sola. Por eso, no vaciló mucho como en otras ocasiones. Procedió a aceptar los requerimientos de Alex Rincón. En este hombre vio su futuro más claro. A pesar de sus defectos era un hombre muy trabajador. Esto compensaba cualquier falla que no veía, pero que pudiera tener el nuevo hombre de su vida. Para Marina no era tiempo de estar seleccionando ningún príncipe azul. El destino le había cercenado su inocencia con la llegada, y la partida de su primer amor.

La vida de Marina de la Cruz siguió su vertiginosa trayectoria. Las semanas pasaron volando. El tiempo pasó sin ninguna novedad de gran importancia, que no fuera la rutinaria. Sin embargo, la primera semana de diciembre entró para ella con muy malas noticias. La disminución de la producción en la fábrica donde trabajaba dejó cesantes a cientos de trabajadores. Los productos para deportes no se estaban vendiendo, primordialmente debido a la crudeza del invierno que se aproximaba. Otra razón era la inestabilidad internacional creada por conflictos políticos en los países que importaban los útiles que esa planta producía. Marina fue despedida junto al primer grupo de trabajadores: "Queda usted despedida hasta nuevo aviso de la gerencia". Tan pronto como se iniciaron los despidos, se instaló en la puerta principal un enorme letrero que decía: "NO HAY VACANTE EN ESTA EMPRESA".

El día estaba muy nublado. Una llovizna helada que se empecinaba en caer, hacía sentir el área de Manhattan como si fuera una gigantesca nevera. Los transeúntes se abrían paso en todas direcciones. Respirando con dificultad una espesa neblina blancuzca que mantenía un aire pesadísimo en el Alto Manhattan. Parecían figuras extrañas; fantasmas vivientes cuando exhalaban por boca y nariz hileras de humo emblanquecido. Los residentes de Nueva York tienen que estar preparados para los bruscos cambios invernales que disminuyen la euforia y la alegría. También aumentan la depresión.

Las características de ese primer domingo de diciembre lo convertían en un día terriblemente triste, desolado. Indeseable. Con el avance de las horas, el sol se la ingeniaba para hacer apariciones esporádicas. Colándose con intermitencia de reloj entre los boquetes de la atmosfera newyorquina. Salía y se ocultaba. Se ocultaba y salía a través de las gruesas nubes en el firmamento. El conflicto entre el sol y las nubes, entre la luz y la sombra forzaba a la gente a pensar un poco en la importancia de la energía. Una tierra sin sol equivaldría a una noche sin estrellas. La brisa azotaba. El ambiente era frío, congelante. Sobre el pavimento de las calles newyorquinas había una extensa capa de hojas a medio mojar como consecuencia de una llovizna invernal que había caído al entrar la noche anterior.

La mujer se revolcaba con un desasosiego incontenible. Ahora se hallaba de nuevo junto al hombre que tanto amaba. Ambos corrían y corrían de un lado para otro. Ella iba delante. El iba detrás. Parecían dos jovenzuelos juguetones. Hasta que Pedro Ventura le daba alcance. La tumbaba. Marina de la Cruz iba cayendo vencida. Mientras disfrutaba de sus caricias enloquecedoras. Eran juegos del amor con los que su hombre la hacía feliz tras haber regresado de su largo viaje. Por fin, estaban solos otra vez. Ella y él, en la más completa intimidad. Alimentando el espíritu, con el alma desnuda. Gozando, sin tabúes ni limitaciones, sin barreras. Abiertamente entregada, sin contratiempo. Hacía mucho que la hermosa caribeña no se veía en una situación tan placentera, tan feliz. Su vida, que hasta ahora había estado en un suplicio permanente, en una soledad tan infinita. Ahora, por primera vez, comenzaba a ver la luz que aumentaba de brillo, como el que sale de un laberinto indescifrable. Como el que se acerca a la salida de un bosque espeso. Como el que ve la luz al final de un largo túnel. Lo sublime de aquella experiencia era que salía de allí, tomada de la mano. Con más fortaleza que nunca. Aferrada al hombre que la hacía vivir a plenitud cada instante de su existencia. Ahora estaba en este paraíso envuelta en un éxtasis de amor del bueno, unas veces suave, otras veces brusco, de acuerdo a lo que determinaran los instintos de Pedro Ventura. En su mente quería que este momento fuera eterno. Suya para siempre. Lo importante era extender el tiempo. Que el reloj marchara despacio. Despacito. Despacito. Para que el tiempo durara lo más posible. Para disfrutarlo a plenitud como a ella le gustaba. Así, como ella lo quería. A merced de su absoluta voluntad. Cuando Marina de la Cruz se acercaba a la cima de este encuentro, el chirrido de la alarma de un reloj inoportuno, seguido por la insistencia del ring ring del teléfono, la despertaron de su sueño hermoso, deseado. Sustrayéndola de esa oportunidad tan especial, de ese momento tan placentero.

LA TRAGEDIA FAMILIAR

——"Alou, alou. ¿Con quién hablo?—— Preguntó Marina aún temblorosa y somnolienta.

——"Esta es una llamada de larga distancia". Contestó la operadora en un español enredado, afectado por la influencia del inglés. Las operadoras quisqueyanas llevaban varias horas haciendo esfuerzos para el contacto directo desde Santo Domingo, pero había un mal tiempo en la Isla de la Hispaniola. Por lo tanto, tuvieron que hacerlo a través de la compañía telefónica en Nueva York. Cuando la operadora de la New York Telephone Company se dio cuenta de que Marina estaba con tartamudeo, en una forma estropajosa, le insistió la importancia de la llamada. Quería que la mujer despertara. Yendo al grano, de forma directa, sin rodeos como lo hacen los anglosajones le dijo:

——Señora, le habla la operadora 113. Tengo un mensaje para usted. ¡Ponga mucha atención!

——Su hijo ha sufrido un accidente grave. Está siendo sometido a una operación muy grande...Su tía Candita está con... ——Sin terminar de escuchar el mensaje, la mujer se desplomó en el sofá. Sus músculos se iban flojando. El corazón no miente. Marina de la Cruz presentía que algo malo le había ocurrido a su hijo menor. Ella lo sentía en sus entrañas como lo sienten todas las madres del mundo. Es como si vivieran para siempre, unidas al cordón del ombligo de sus vástagos desde que nacen hasta que se mueren. Es como si para la relación de madre a hijo no existiera obstáculo. Es como si la distancia entre la República Dominicana y Nueva York no estuviera ahí. Por algo había pasado la noche saliendo de una pesadilla y entrando en otra. Sintiendo un inusual escalofrío en todo el cuerpo como si hubiese estado afectada por un virus extraño. Para ella, su hijo estaba casi muerto. Pensar que no era cierto, era como engañarse a sí misma. ¿Cuál era entonces el sentido de negárselo?

Tras haberse dejado caer en el sofá, sin fuerza, al borde del desmayo por el impacto y los efectos desvastadores de la mala noticia, la mujer quedó asombrada, petrificada, estupefacta. En el estado emocional en que se encontraba ahora, empezó de nuevo a recrear las imágenes de todo su pasado. A recordar lo malo y lo bueno. Al hilvanar los episodios que marcaban la vida de sus dos hijos. A la hembra la vio jugando con su muñeca de trapo y su vestido color de rosa. Al varón en cambio, lo veía completamente desnudo. Correteando de un lado para otro. Subiendo y bajando. Saltando de árbol en árbol en el ancho patio de la casa de tía Candita. Moviéndose con la agilidad de un acróbata campestre. Con la inigualable destreza natural de un pequeño simio. Inteligente, audaz. Trepándose en los palos del bosque como lo hacía su padre. Exactamente como lo hacía él. Pensó en la partera que la ayudó a traerlo al mundo. Por inercia explicable se sobó superficialmente la barriga. Se acordó de sus antojos insatisfechos. Las duras palabras de la comadrona, con su rústica terapia dizque para facilitarle alumbramiento retumban entre las paredes de sus entrañas:

——¡No llores tanto, pendeja!

——Acuérdate de lo que dice el refrán "que cuando pase la tempestad viene la calma" y tú sabes más que nadie que con un gustazo viene un trancazo.

——¡Puja Marina, puja!

——¡Puja duro que ya se asoma!

——¿De qué te quejas?

——¡Hace un año diste a luz a una hembra!

——¡Y ahora está saliendo un macho, carajo!

——¡Es un macho! ¡viva San Ramón! gritó la partera dándole dos nalgadas al recién nacido.

Sin saber el tiempo que transcurrió en ese estado, ni siquiera se dio cuenta de que no había derramado una sola lágrima ante una noticia como esa, tan desgarradora. No cabía la menor duda de que las vicisitudes en su trayectoria como emigrante le habían endurecido el alma. Le habían moldeado el carácter. Trazándole las pautas de su nueva vida. Imprimiéndole las líneas de su destino que la definirían, que la marcarían como una inmigrante caribeña luchadora, como una dominicana ilegal en su proceso de adaptación, de aculturación de asimilación a la sociedad norteamericana. El sufrimiento de Marina de la Cruz era como una radiografía detallada. A través de su radiografía tan minuciosa, se pueden ver con claridad meridiana todos los detalles de los problemas internos y externos que confrontan los emigrantes quisqueyanos desde que salen del lar caribeño, hasta que se ajustan, se asimilan, se adaptan al nuevo país.

Marina no estaba sola. Ella estaba sufriendo las penurias y el calvario que padecen las personas que emigran de la República Dominicana. Los cambios inesperados son aún más destructores para los que padecen las limitaciones socio-económicas que caracterizan a los países de Latinoamérica. El calvario parece peor para los millones de seres humanos que pueblan la convulsionada región caribeña. Marina estaba ahora recibiendo las descargas de su osadía. Estaba pagando las deudas que el destino le cobraba con intereses. Por eso, su corazón se volvía como una roca. El choque con la parte cruda de la vida la pulía. ¿Podría ella seguir adelante en la lucha contra esa vida trabajosa que le daba de frente, sin tregua, sin descanso?

A la mujer no le quedaba más camino para escoger. Estaba obligada a enfrentarse a su propio destino. A asimilar los golpes. No tenía otra alternativa que no fuera dejarse pulir por el tiempo, por las vicisitudes de su vida, de su destino. Al final de cuentas, el tiempo cura. Es como si fuera su propio cirujano, su propia medicina. Este es el único que se encarga de borrar el pasado y hacernos vivir el presente. La existencia se pule como si fuera un diamante antes de exhibirse en una vitrina de lujo. Antes de ponerse en el dedo para ser vendido al mejor postor, a quien pague más.

Allí estaba Marina de la Cruz, con las fuerzas espirituales en el suelo, despedazada, completamente deprimida. Entregada a lo que el próximo minuto le deparara. Impotente. Precisamente ella, quien anteriormente había sido tan fuerte, tan enérgica. Ahora, se entregaba tan fácil, sin resistencia a merced de lo que el destino quisiera hacer con su vida.

Comenzaba ahora a sentirse como una mujer muy azarosa. Con una existencia que más bien podría compararse con una selva de maraña, con un laberinto insalvable. Irresoluble. Lo peor de todo era que ya ni siquiera tenía derecho a soñar como antes, con libertad.

––¡Qué vida tan miserable! ––pensó.

––¿Qué habré hecho yo para no tener sosiego ni siquiera por un minuto?

––¿Cómo es posible que hasta mi mente esté siendo prisionera de mis tormentos y mis problemas?

––¿Cuándo voy a liberarme de este suplicio?

El chorro de preguntas seguía. Fluían de su mente una detrás de la otra. Volvió a sacar fuerza de donde no tenía. Intentó de nuevo llamar a la República Dominicana. Lo había hecho varias veces sin resultado positivo. Sin embargo, esta vez, antes de que alcanzara a tocar el teléfono con su mano temblorosa, el aparato se le adelantó. Sonó vibrante como si se hubiese producido una comunicación telepática. La mujer lo levantó excitada:

––Alou, alou! ––¿Marina, eres tú? ––¡Contéstame, por Dios!

Pero sin esperar respuesta alguna, como presintiendo que era Marina la que le escuchaba, siguió adelante con su monólogo.

––¡Qué cosa tan horrible ésta que me ha pasado con tu hijo!

––Yo que tanto lo cuidaba. Tú sabes muy bien Marina, que no tuve hijos y que Pedrito era como si lo hubiese parido yo misma. Yo creía que era mío solito. ¿entiendes bien Marina?

––¿Qué haré? Por favor, díme. ¿Qué debo hacer? Te juro que me estoy volviendo loca, Marina.

La tía de Marina de la Cruz seguía su rosario de lamentaciones como a la espera de que la más afectada por ser la madre de la víctima, la liberara de toda culpa por el fatal accidente. Movida por una extraña compasión añadió a seguidas para ganar tiempo a los sentimientos maternales de la mujer.

––Pedrito no ha recuperado aún el conocimiento. Pero los médicos han prometido que tiene vida.

––Me han afirmado que la ciencia está muy adelantada.

––Que no pierda la fe ni la esperanza porque ellos van a hacer todo lo que esté a su alcance para salvarlo.

––¿Qué tú dices de éso, Marina?

Doña Cándida Almonte de Peguero no tuvo por respuesta, ni media palabra de parte de su sobrina. Estaba obviamente confundida por motivo de la tragedia que le acaba de pasar. El silencio fue para ella como un sello a la angustia. Su sufrimiento vino acompañado de un valle de lágrimas como resultado del incansable llanto que se desprendía de los ojos de Marina de la Cruz. Mientras tanto, seguía pegada junto al audífono del teléfono. Escuchando la retahíla de alaridos y lamentaciones de la tía Candita. Explicándole en un vano derroche de histeria, el accidente de su vástago querido. Pedrito, de unos siete años de edad, se había caído por un precipicio mientras correteaba en la oscuridad a un juego que le llaman "las escondidas", muy común en aquellas regiones campestres.

––¡Qué tragedia la mía!–– Exclamó Marina mordiéndose los labios con una rabia histérica.

—Lo que es la vida.— Continuó quejandose.

—Lo vendí todo. Hice todos los líos. Me metí en enredos económicos habidos y por haber para emigrar a este país. Exponiéndome a todos los peligros del mar. Sometida durante el viaje a la presión de la morbosidad. Al acoso constante de los hombres quienes sufrían largos días de una impuesta cuarentena sexual mientras durara la travesía. Viajé con ellos sin saber sus intenciones. Dormí con ellos en el húmedo suelo de las cuevas que nos escondían de los implacables guardias de las costas. Nos guarecíamos de las lluvias intermitentes, imprevistas. Me acosté sobre las hojas amarronadas de los montes. Me encerraron en lúgubres y oscuros furgones durante horas que parecían interminables.

La mujer estaba ahora viviendo un momento de extraordinaria tensión. Su corazón estaba a punto de explotar dentro de su pecho. Su pensamiento fluía desbocado, sin control. Veía hileras de ilegales descender a las profundas bodegas de los gigantescos barcos de carga en los que saldrían de polizones. Veía a incontables viudas ennegrecidas. Cargadas de hijos de padres que jamás volverían. Observaba a decenas de jóvenes doncellas llorando la partida hacia el extranjero de sus novios amados. Acariciando con suavidad las protuberancias de sus atributos, añorando un encuentro que no tuvo conclusión. En fin, Marina de la Cruz veía en sus reflexiones a todos los emigrantes, a todos los indocumentados, a los ilegales. Empujándose los unos a los otros para fugarse avergonzados, como si fueran delincuentes despreciados. Saliendo escurridos a través de la válvula de escape que constituye el lucrativo tráfico clandestino de dominicanos hacia tierras extranjeras. Contemplaba a este grupo de cuerpos amontonados durante horas, noches, días y semanas. Escondiéndose en los bosques, en los matorrales cerca de las costas para subirse a una frágil yola. Lanzándose a merced de las aguas inciertas y los tiburones hambrientos. Enfrentándose a cuantos obstáculos puedan aparecer. Arriesgándolo todo. Exponiéndose a todo por algo tan inseguro. La mujer veía que todo se le estado cayendo. El mundo se iba desmoronando ante sus ojos, allí mismo, frente a ella.

Marina de la Cruz estaba más impotente que nunca, más vulnerable. Estaba desesperada. Con el corazón partido ante la desgracia que le acaba de ocurrir a su hijo amado. Una tragedia que lo tenía suspendido de un hilito, entre la vida y la muerte.

——¿Cómo saldría mi hijo de esa operación en caso de que se salvara?

——¿Volvería Pedro a caminar, a correr, a jugar?

——¿Qué sería de su vida si como diagnosticaban los doctores, presentaba una rotura en la columna vertebral?

——¿Dios mío, dame fuerza y valor para resistir!—— Imploró Marina, completamente desesperada. Le pidió a la Providencia divina fuerza física porque ya sus fuerzas espirituales le habían fallado. Su corazón empezó a latir con mayor intensidad. Los latidos le golpeaban el pecho de una manera tan potente que se podían contar uno por uno. No pudo resistir más. Los objetos situados a su alrededor comenzaron a moverse en círculo. Adaptaron raras características. Todo se fue deformando en su habitación. Con el paso de los minutos, las figuras se fueron poniendo más difusas. El sol no volvió a brillar más ni por un instante porque un gigantesco manto negruzco lo tapó por completo.

El tufo del alcanfor no podía pasar desapercibido. El olor a medicina de emergencia, el ruido de las sirenas y el corre corre de los médicos provocó que la enferma volviera en sí. Llevaba casi tres meses en un estado semi-comatoso. Cuando recordaba el letargo en que había caído ese domingo en la mañana del nueve de diciembre, lo hacía solamente para balbucear oraciones entrecortadas. Las palabras que salían de su boca eran incomprensibles. No tenían ningún sentido. Al menos, eso creían los que la escuchaban. Pero ella estaba inconsciente. Deliraba acerca de sus experiencias, de su vida: "apasote, moriviví, bata blanca, aparados médicos". La mujer hablaba de un viaje a Port-au-Prince, Haití. Se acordó del Arcajé, cuna de los brujos más sabios. Se vio con la ropa desgarrada cuando fue metida a la fuerza en un hotelucho de mala calaña, de baja categoría, de pobre reputación. Hablaba de un coyote caribeño, de un yolero dominicano, enganchado al tráfico de viajeros clandestinos. Un buscavida que le gustaba el dinero fácil. Dedicado a tiempo completo al comercio de ilegales en esta región del Hemisferio Occidental. En su momento de lucidez transitoria, Marina de la Cruz era como un libro abierto. Lo quería contar todo. El hecho de que nadie la entendiera fue mejor para ella. De seguro que le hubiesen atribuido un estado emocional con un cuadro más allá de lo que los psiquiatras definen como "normal". Lo peor de todo es que la hubiesen colocado con una camisa de fuerza en el manicomio de la vida, al declararla completamente loca. Pero Marina quería que todos supieran que a ella la violó un traficante de indocumentados. Así son los "coyotes" del caribe, como todos los traficantes de ilegales, sin escrúpulos. Dispuestos a violar a las mujeres y a saquear a los hombres.

Al escucharla trataban de entenderla. La interrogaban para sacarle información. Para evitar que se volviera a hundir en la profundidad de la nada, del limbo. Pero la respuesta de la paciente era el silencio. Un silencio sepulcral. Interrumpido tan solo por los lloriqueos esporádicos como fruto de la atribulación en la que había sucumbido.

El Capitán Valentín T. Peguero se había levantado de mal humor. Por esa razón se le oía dando órdenes a diestra y siniestra. Lo inusual de su batallón era que tenía un solo sobreviviente, una sola persona. Respondía al nombre de doña Cándida Almonte de Peguero, a quien le decía Candita cuando necesitaba algo. Ella era la tía y madre de crianza de Marina de la Cruz.

El Capitán Valentín se ufanaba de llevar un apellido que comenzaba con T. para que muchos se sugestionaran. Para que se asustan creyendo que el pertenecía a la familia del Generalísimo Rafael Leonidas Trujillo Molina. Al veterano oficial le fascinaba también meterle miedo a la gente diciendo que él era ahijado del Presidente de la República. Lo que él no decía era que la T. de su nombre correspondía a Teófilo. Tampoco decía a nadie que su relación de sacramento con el Presidente Trujillo que tanto le enorgullecía correspondía a un padrinaje colectivo cuando el gobernante lo bautizó en una ceremonia en la que había 301 infantes moros para recibir la bendición de la Santa Madre Iglesia Católica y Romana. En tales circunstancias eran muchos los que se arriesgaban a perder la gracia de Dios. Preferían morir herejes, vivir en el limbo por no ser bautizados.

El militar odiaba los apodos. Aunque él sabía que se lo dirían con más gusto, con mayor morbosidad, amenazaba de muerte a cualquiera, viejo o mozalbete que utilizara un sobrenombre para referirse a su persona. Le arrancaba la cabeza al que se atreviera a llamarlo por el apodo que le puso el último haitiano que, sin piedad alguna, torturó hasta la muerte. Se dice, que en su agonía, el haitiano sin proponérselo se burlaba de su asesino. En un sarcasmo macabro, el moribundo pronunciaba su apellido con un acento francés. Y en lugar de decirle Capitán Peguero, le decía monsieur Pejiguere.

El Capitán había sido puesto en retiro del Ejército Nacional con un diploma de sus superiores que, por espantar al vecindario, había mandado a reproducir en varias copias para colocarlo en todos los lugares. Hasta en la letrina de la casa se veía colgando el retrato con polaina y fusil, junto a la carta de buena conducta: "Por sus servicios al Gobierno del Generalísimo...Por sus servicios a la Patria Quisqueyana...Por su lucha contra el comunismo ateo...Dios, Patria y Libertad". Durante los veinticinco años que sirvió al Gobierno, pasó por todas las instituciones militares de la nación caribeña. Pero sus asignaciones eran de carácter especial. El pertenecía a los cuerpos de seguridad. Aunque para muchos compañeros el Capitán Valentín tenía unos métodos de investigación muy crueles, otros juraban que actuaba de esa manera por lealtad a su Gobierno. Sobretodo, lealtad ciega a su Presidente, al Presidente de todos los dominicanos. Para nadie era un secreto que el oficial estaba dispuesto a dar hasta la última gota de sangre por el Generalísimo Trujillo. Por eso, se pasó la vida dando sus servicios con esmerada disposición entre las cárceles más represivas del país: La Victoria, La Cumbre, y en la siempre aborrecible, mil veces maldita, cárcel de La Cuarenta. Todas esas dotaciones militares eran utilizadas para interrogar, para sacarles las informaciones a los enemigos del gobierno. Para condenar severamente a los conspiradores del régimen dictatorial. Eran muchos los que entraban y muy pocos los que salían con vida para contar los horrores de la trilogía carcelaria más funesta con que se castigaba a los presos político. Su lema era claro: "La hierba mala se corta y se echa al fuego".

El oficial retirado se sentía orgulloso de su fidelidad al Jefe de todos los jefes, de todos los dominicanos. El Capitán se miraba al espejo engrandecido por su uniforme. Ensanchado por las incontables condecoraciones, banderines y medallas que colgaban de su pecho. Su figura parecía la de un rey destronado y ridículo. Mientras se pavoneaba y se mecía en una vieja mecedora que cuidaba con un celo exagerado:

——¡"Que nadie se atreva a poner sus nalgas en esta reliquia que me regaló el General Petán Trujillo!"

——¿Me oíste bien Candita?

——No te quedes callada como la perrita de Maria Ramos...

——Yo sé muy bien que tú dejas que se sienten los muchachos 'e mierda cuando yo no estoy en la casa.

——Ay mamacita si yo llego en una hora así te aseguro mujer que te pongo la mecedora de sombrero.

——¿Me oyes bien?

El Capitán Valentín seguía hablando solo porque le repetía la misma letanía a su mujer desde que se casaron. pero el sabía más que nadie que su rabiaca por el estado y la procedencia de la mecedora no estaban tan claros. Su reliquia, como él decía, vino a parar a su casa rodando de mano en mano cuando cayeron los Trujillos, y para desgracia apocalíptica del pueblo dominicano se produjo un pillaje nacional. Completando el ciclo de quien roba a ladrón tiene cien años de perdón.

Con el correr de los años, el Capitán Valentín "Pejiguera" se iba poniendo cada vez viejo y más gordo. Cuando se sentaba parecía un barraco de engorde. Un pegote de hombre, cuya barriga y cabeza lo hacían parecer un barril balanceándose en la crujiente mecedora de caoba. Pero cuando se erguía, se asemejaba a un militar en servicio activo. Exhibiendo su uniforme de kaki descolorido; excelentemente planchado por el esmero de su mujer. Su uniforme no necesitaba de su cuerpo. Se paraba solo por exceso de almidón que Candita le ponía. Creyéndose todavía activo en la orgullosa y temida guardia de Seguridad del Generalísimo Trujillo, daba órdenes a todo lo que se moviera a su alrededor. Golpeando por las ancas al fiel perro Gavilán, cuya vista había perdido por el efecto de los años, quien sin vergüenza volvía dando tumbos al chocar con los trastos y cachivaches para arrodillarse sumiso junto a su riguroso amo. Meneando las orejas y la cola en unos movimientos raros como al que le ha picado una pulga.

El estruendo de su voz de mandamás se escuchaba por toda la casa.

——"Yo nada más quisiera estar en servicio". Vociferaba aunque nadie lo escuchara. Seguía recordando en voz alta sin importarle un pepino que los vecinos lo oyeran. Haciendo el saludo militar a un retrato del Presidente con un letrero que decía: "Dios Patria y Libertad. En esta cada Trujillo es el Jefe".—— A él le daba lo mismo ya que ellos pensarían que al Capitán le estaba "patinando el coco". Si estaba loco no era por causa de la edad, ni mucho menos. Muchos creían que su demencia era el fruto de los crímenes que cometió durante la tiranía. Sin horrorizarse, como si lo estuviera viviendo con una sonrisa macabra, funesta. Con una mueca sostenida hablaba de la matanza del río Masacre en la Provincia de Dajabón, en la frontera de Haití.

—¡Qué lección le dio el Presidente Trujillo a los haitianos, carajo!

—¡El mulato que no supo decir perejil sin comerse la erre, se jodió!

— Eso es lo que se llamaba un Gobierno de respeto.

—¡Viva el Generalísimo!—

Repetía el viejo oficial cambiando el falsete en la voz para romper la monotonía del palabrerío tedioso de su discurso chabacano, de limpiasaco, de tumba polvo, continuaba:

—Yo era, soy y seré trujillista hasta la muerte.

—Al que no le guste que se me cruce en el camino para romperle la madre de un solo tiro.

—Que no me vengan con esa mierda de brujería de que a los haitianos no les importaba morirse dizque porque eran zombies, inmortales.

—Yo no me he encontrado aún con el primero de esos vándalos de los que personalmente les limpié al pico. Esos pendejos "cantan cuando se mueren y lloran cuando nacen".

Apuesto lo que sea que no me sale uno ahora mismo pa'que se enfrente con este macho di'ombre.

En ese momento, el gato corría despavorido de la persecución de Gavilán quien temblaba enfurecido por una de sus sucias travesuras.

El animal dio un salto espectacular. Para desgracia del descuidado Capitán, el felino, temeroso de que el ciego perro lo atrapara, fue a parar entre sus piernas. Por la rapidez con la que el militar se levantó de la mecedora, tocándose la parte baja del vientre parecía aterrorizado. Este no podía aceptar que un sueño malo que tuvo se volviera realidad. En sus incontables pesadillas siempre veía impotente, cuando su gato negro le devoraba los testículos, sin importarle que el era su único amo desde que un desconocido dejó al recién nacido en la acera de su casa. Le aterraba saber que su gato, con inteligencia casi humana, la causara un daño tan grande, irreparable.

Cuando se le pasó el susto, recobró la calma. Se secó el sudor con la manga de la camisa. Miró en todas las direcciones: hacia la izquierda, hacia la derecha; hacia atrás, hacia adelante. Al darse cuenta de que nadie había presenciado lo ocurrido, asumió una postura como si estuviera en una parada militar. Se enderezó el kepis y la corbata. Se subió un poco los pantalones y alisó la camisa con sus manos. Aunque su sonrisa era casi imperceptible, parecía estar satisfecho por haber salido airoso ––por esta vez–– de las interminables y cada vez más violentas contiendas de su gato negro y del mal pagado Gavilán. Ambos animales, que ya habían llegado a un acuerdo amistoso, lo observaban con asombro, como si estuvieran frente a un bicho raro. Mientras tanto, el Capitán Valentín tarareaba La Marcha de la Libertad, recordándose de los buenos tiempos que pasó en las rigurosas academias militares trujillistas. Al mismo tiempo, miraba desorbitadamente hacia la guindadera de carne ahumada en el umbral de la cocina de la cocina de la casa en que vivía. El Presidente Trujillo se la había regalado porque él era el padrino de su boda. Solo interrumpía su parada de atención para cumplir con lo que él le pedía: un traguito de ron; otro traguito y otro más. Lo saboreaba como si fuera un brandi de los más cotizados. Pero la verdad es, que este ron podía haber servido mejor para el rociado de gallos de pelea. Con la pensión que le pagaban no podía darse el lujo de comprar bebidas caras. Por eso, se limitaba a tomar un ron de baja calidad que se le llama lavagallo. Emocionado por los recuerdos de su época gloriosa de mandamás y macutero, cuando un guardia de Trujillo valía más que lo que pesaba, cuando un guardia era muy respetado, llegó hasta el final de la parada. La parada que el mismo organizó gritando a todo pulmón:

——"¡Viva Petán Trujillo!, ——¡Viva el generalísimo!

——¡Viva mamá Julia que los engendró, carajo!

Lo que más desconcertaba a Marina de su tío político era que desde hacía un largo tiempo le venía echando el ojo encima. A medida que iba creciendo se iba poniendo más bonita. Ella era casi una señorita. Al Capitán Pejiguera se le hacía la boca agua cada vez que relojeaba el pecho de Marina.

La fijeza de sus ojos aculebreados le imprimían un semblante de disgusto. No quería ni pensar que aquellos senos amanzanados, que aquellos labios carnosos, que aquellos ojitos de mermelada serían poseídos por otro hombre.

——¡Qué barbaridad! No sé lo que me pasa cuando veo a Marina. Esa muchacha me levanta el espíritu con tanta energía.

Pensaba en voz alta el oficial retirado. Pero, por temor a que su mujer le adivinara el pensamiento, cambiaba el rumbo:

——Al General Trujillo le gustaban así, nadamás, así: muchachas tiernas, hermosotas; con las nalgas redondas y pronunciadas.

——Mujeres con las piernas gordas, como le gustan a todos los jefes de este país, carajo!

Algunas veces, el Capitán se aprovechaba de ella cuando doña Candita se iba al mercado. El tío la sentaba en las piernas, ofreciéndole helados de barquilla, galleticas de leche y caramelos de miel de abeja. Le prometía llevarla a ver una película de matinée que daban todos los domingos. Aunque el viaje al teatro estaba condicionado a que le sobraran unos cuantos pesos si lograba estirar, extender un poquito el pago de la pensión. Al fin y al cabo era como decía la gente: ¿Con qué fuerza se casa un guardia? El sueldo del Capitan Valetín venía cada vez más corto. La razón era que habían entrado en vigencia los nuevos descuentos en el salario que devengaba mensualmente por el retiro militar: Más dinero para el plan de Auxilios y Vivienda; un aumento en la cuota para la Legión de Veteranos. Como si eso fuera poco, le estaban descontando ahora diez pesos para dárselo como "contribución voluntaria" al partido del Gobierno. Era un descuento que se hacía por nómina para mantener lo mismo al Partido del Gallo Colorao, hecho a a semejanza y voluntad de su único líder. O al Buey Blanco, que sufría una metamorfosis crónica. Sus adoradores cambiaban de color junto con la bestia. En sus dominios todo el mundo aspiraba a calentar la silla del palacio nacional. En ese partido, hasta el gato quería llegar a ser Presidente de la nación.

Al jubilado oficial le subía un líquido agridulce debido a las úlceras que por su testarudez había descuidado, desoyendo todo consejo de los doctores. Ahora le estaban devorando el estómago. Estaba muy irritado. En consecuencia, lanzaba por la boca todo tipo de epítetos y maldiciones contra los seguidores del Partido del Buey Blanco, que se empecinaban en molestarlo con protestas callejeras y las amenazas de arrasar y encender la tierra con una tea o un jacho de cuaba si no le daban la oportunidad —por las buenas— de dominar a la vaca nacional. El Capitán le tenía un odio furibundo a los seguidores del buey. Su rabia parecía un escape de locomotora cuando voceaba:

—¡Trujillo si hace falta carajo!

—¡Que relajo es este de tantos aspirantes a presidente en este paisito tan pequeño!

—Esa parti'e e pendejos no pueden gobernar ni en sus propias casas.

—Mucho menos van a gobernar al pueblo dominicano que solo entiende de mano dura.

—Me caiga yo muerto ahora mismo si en este país no han habido dos hombres.

—Dos presidentes: Uno por sabiduría; el otro por puño de acero.

—Aquí hay que gobernar como la arepa: "candela por arriba y candela por abajo".

Con la intención de probarse a sí mismo que él era la autoridad, gritaba con energía:

—¡Candita!...¡Canditaaaaa! traeme el refresco de limón con mucho hielo, que en este país ni la calor se puede soportar!

—¡Y apágame la porquería esa de Tribuna Democrática, que al Doctor no le gana nadie porque viene otra vez, a paso de vencedores!

—¿Me oíste bien Candita?

—Dije; ¡otra vez, caramba! ¡Ay de este país si se mete el comunismo ese!

La enfermedad que consumía al Capitán Valentín Peguero lo fue destruyendo lentamente. Cada día que pasaba le roía una parte de su cuerpo. Su deterioro era lento pero irreversible. El monumento de hombre que fuera el apuesto Capitán se había convertido en un ser digno de compasión. Se fue consumiendo en su propia carne. Sus seis pies de estatura y doscientas veinticinco libras de peso se habían convertido ahora en un verdadero guiñapo humano que no alcanzaba a pesar un centenar de libras. Lo que más se escuchaba de ese montón de huesos y cuero envuelto en una sábana de algodón, en que se hallaba el otrora apuesto militar, era un ronquido cada vez más forzado.

Sus pulmones estaban a punto de detener su función fisiológica. Su agonía era un martirio. Era un suplicio tan horrible, como el que le dio a quienes tuvieron la desgracia de caer en sus manos para ser interrogados y torturados en las cárceles que comandó. Fueron muchos los confinados que sufrieron las más horrendas barbaridades antes de ser asesinados por sus ideas anti-gubernamentales.

—Qué ironía tiene la vida.— Murmuró Marina de la Cruz al pensar en el estado en que había quedado el cuñado de su padre. Era increíble ver al ex Oficial tendido frente a ella padeciendo en una cama de una manera atroz, con un sufrimiento constante, paulatino.

—Qué agonía más merecida la que estaba confrontando en su propia carne el Capitán Valentín T. Peguero.— Pero el subconsciente la calmaba reconociendo el viejo dicho: "Quien a hierro mata a hierro muere".

Ella estaba muy joven para enjuiciar a este hombre tan horrible. Pero se sentía comprometida porque él la tratABA como una adulta cuando la molestaba haciéndole proposiciones eróticas. Manoseándola por el cuerpo. Marina seguía reflexionando al tiempo que la tía Candita soplaba apresurada la vela que había encendido por órdenes del sacerdote.

El Padre Celestino Marte, cura párroco del Municipio de Sabana de los Muertos, había conocido al Capitán Valentín en la Fortaleza Ozama. Ambos tenían muchos secretos en común, muchas cuentas por pagar, muchas cosas de qué arrepentirse. Mientras el Capitán mandaba las almas al más allá, el Cura hacía hasta lo indecible con tal de que no se desviaran de su trayecto. Que fueran derechito al seno divino. No era tiempo propicio para reproches. Por esa razón, el Padre Marte bajo su responsabilidad eclesiástica hacía el apresurado y último esfuerzo para salvar el alma del militar. Lo peor que le podía pasar era morir en pecado mortal. Para salvar esa alma en pena el Padre Celestino estaba obligado a aplicar el moribundo todos los sacramentos que estuvieran a su alcance.

Las órdenes dadas por el sacerdote eran clarísimas como el cristal:

—No te descuides Candita porque la hora de la verdad se acerca.

—Valentín Pejiguera, digo, el Capitán Peguero está más allá que acá.

—Está más muerto que vivo. No te quiero alarmar hija mía. Pero su vida pende de un hilito. Con una sopladita, se le espanta el espíritu. No te asustes Candita que matrimonio y mortaja del cielo bajan. La muerte es un camino por el que todos tienen que pasar. Si tú quieres que tu adorado marido entre el valle de la muerte. ¡Perdóname buena mujer!, Quise decir al "valle de la tranquilidad", manten la llama encendida con el fin de que le alumbre al camino. Para que lo guíe por buenos pasos. Y no te acongojes. Nunca pierdas la fe ni la esperanza. Recordaos Candita que mientras hay respiración en el cuerpo, hay vida".

Cuando el Padre Celestino Marte estaba seguro de que doña Candita sabía lo que tenía que hacer, tomó el incensario, lo encendió, le echó un polvo blancuzco con un puñado de mirra granulada. El humo que salía forzado por las diminutas hendiduras de la vasija plateada, inundó toda la casa del moribundo con su aroma añejado. En ese momento, el sacerdote se alejó de espalda hacia la puerta haciendo unos ademanes en cruces. El ritual de no dar la espalda al moribundo no era por miedo, sino por un protocolo cortés establecido por la iglesia para estos casos. De todo modo, el cura se iba acompañado de dos monaguillos uniformados con sotanas apurpuradas. Entre el díme y direte del cura y los monaguillos que se oía en latín se podían distinguir:

——"Sucipiat Dominus Sacrificium"...In nomine Patris, et Filii et Espiritu Santi"

——Pater noster qui es in celis...

Cuando doblaron la esquina, no se pudo escuchar más. Pero los mirones y bochincheros del vecindario llegaron a la conclusión de que el Cura y sus ayudantes se dirigían a la iglesia para hacer los preparativos del altar porque la defunción se acercaba.

Doña Cándida Almonte de Peguero no era una mujer derrotista. Si una cosa buena le enseñó su esposo fue a luchar por la vida a como diera lugar. Por lo tanto, no se iba a entregar tan fácilmente a las predicciones fatalistas del Padre Celestino

Marte. Para ella, su marido era lo máximo, lo mejor. Eso explica el por qué lo había celado durante toda la vida. Por esa razón, gastó una fortuna y empeñó sus joyas en la compra y venta de su pueblo buscando ensalmos. Haciendo consultas con todos los brujos del país y con los luás más efectivos en trabajos espiritistas de la República de Haití. Valentín fue su primer y único amor. Pese a su belleza y a lo bien que se había conservado, a Candita no había varón que le faltara el respeto. Amaba a Valentín desde que se enganchó a la Guardia del Generalísimo Trujillo. Lo vio ascender desde miembro raso hasta alcanzar el rango de Capitán. Reconocía que éste tenía muchos defectos. Pero su corazón le decía que a pesar de todo, Valentín la quería muchísimo. Candita se hizo la sorda, cuando su padre se oponía a su noviazgo con el entonces raso Valentín.

——"Si te casas con ese vándalo, serás una mujer desahuciada para el resto de tu vida" ——le decía su padre.

——Si te metes con él por buenmozo, pasarás mucho trabajo. Porque el no tiene en que caerse muerto——

Una noche, haciendo caso omiso a los sermones de su padre, se fugó de la casa en las ancas de una mula junto al hombre que amaba.

Ahora había llegado el momento de la prueba. Candita estaba en una disyuntiva: dejar a su marido para que se lo llevara el diablo sufriendo en su lecho de muerte. O continuar luchando a su lado. A pesar de que a veces él había sido cruel, Candita no hallaba fuerzas para abandonarlo así como estaba en el lecho de muerte. Por muchas tentaciones que ella recibiera no lo iba a dejar ahora después de cuarenta años de matrimonio.

—Por el alma del difunto, todos debemos de rezar...

—Que Dios lo saque de pena y lo lleva a descansar...”

—Padre Nuestro...” —“Creo en...”

Las oraciones que rezaba doña Candita eran letanías interminables. Lo mismo invocaba al Padre, que al hijo, que al Espíritu Santo para que hicieran todo lo posible por sacar a su marido de esa terrible agonía. Ella no quería seguir en ese calvario. Su mayor interés era que los poderes divinos se lo llevaran de una vez y para siempre. Que lo introdujeran en su santo seno.

—¡Por caridad, llévatelo y haz que salga de este calvario, Dios mío! —Libérame a mí de la pena de ver a este hombre desmembrándose, muriéndose con una lentitud desesperante. Pero que se haga tu voluntad, porque al fin y al cabo es lo que cuenta en este asunto mi diosito.

La tía Candita continuó manoseando el escapulario. Frotándolo con insistencia. Con disimulo, para que Marina no se diera cuenta, sacó el grueso crucifijo del rosario que se le había enredado entre los pechos. Al tiempo que encendía otra vela para sustituir la que se estaba apagando. En ese preciso momento, el desentonado cacareo de una gallina que acaba de poner un huevo la interrumpió dando un sobresalto. Poniendo en peligro las instrucciones del Padre Celestino Marte.

Con unos sollozos exitosamente fingidos y el rostro semi-cubierto por un pañuelo, Candita le dijo a su sobrina:

—¡Ay Marina, qué pesar tan grande tengo yo en mi alma al ver a mi marido consumiéndose así!

—Pensándolo bien, él no fue tan malo con nosotras dos.

Esta vez no se atrevió a mirar directamente a los ojos de su sobrina. Puesto que no estaba muy segura de que lo que había dicho era la verdad.

Al ver al Capitán Valentín más lánguido que nunca; mirando estático hacia el techo de la casa, su esposa comprendió que había llegado la hora de actuar con sigilo.

——Marina, tenemos que avisarle al padre Marte para que venga de inmediato a darle la extrema-unción a mi esposo. ¿Comprendes bien Marina?

——Me refiero a los Santos Oleos que se le ponen a las personas que quieren morir en la gracia de Dios. Mi marido está a punto de dar la última boqueada. Así es que apúrate Marina.

——Anda, ve, corre y dile al Padre que Valentín Pejiguera, digo, el Capitán Peguero está en las últimas, que se está muriendo.

——¡Aviva el paso muchacha, que se me muere el marido!

De la manera que Marina escuchó la frase "se me muere el marido" de boca de su tía, comprendió que debía ir al templo del pueblo a toda velocidad. La joven salió trotando con toda su energía, como si fuera una potranca briosa que le han abierto la compuerta en un campo de hierba verde. Como si la tuviera persiguiendo un caballo en calor.

Ya había caído la noche, cuando el Padre Celestino Marte regresó al pueblo. El Cura había pasado todo el día dándole pasos al Rio Yaque del Norte que amenazaba con una creciente destructora, a consecuencia de las fuertes lluvias que habían caído en las montañas. Durante los tres últimos días había llovido a cántaros, torrencialmente en toda la región. El Padre Marte había ido a un poblado en la montaña para cumplir con una promesa que hizo un ricachón antes de morir. Su último deseo era que "cuando muriera quería que le hicieran una misa de cuerpo presente". También quería un responso cantado seguido por un novenario con los mejores rezadores de la comarca. Coronando su última voluntad con una comilona diaria durante los nueve días de su defunción. Pero como no lo pudieron bajar a la iglesia del pueblo, el Cura de la parroquia tuvo que ir a la montaña. Para el Padre Marte fue un sacrificio ir a darle cristiana sepultura al terrateniente quien, a decir de la feligresía, le había hecho generosas donaciones económicas para el desenvolvimiento de las parroquias y ermitas de la zona rural.

Don Taquito Estrella, que era el nombre por el que se le conocía al terrateniente, tenía incontables compadres y comadres. Además, tenía una cantidad enorme de hijos e hijas por la calle. Era lo que se llama un cacique en la región, un lider de esos que dicen "mierda", y todo el mundo dice "presente". Este marcaba y capaba. Su influencia abarcaba a los moradores, a las autoridades y al Cura de la parroquia. Su poder era tan grande como las demarcaciones de sus teneres. Fue por eso que el Padre Marte tuvo que dejar su iglesia sola e irse a cumplir la promesa que había hecho el terrateniente Taquito Estrella. Cuando el padre procedía a levantarse la sotana completamente empapada por la lluvia, oyó unos fuertes golpes en la puerta principal.

——¿Quién podrá ser a esta hora?—— Preguntó el cura sin esperar respuesta pues estaba muy consciente de que nadie lo acompañaba en la casa curial.

——¡Ya voy por Dios! ¡Y no me toquen tanto la puerta. Se lo pido en el nombre de María y José!—— Se le iba a escapar una mala palabra por la irritación.

Pero se limitó a refunfuñar por la impertinencia de los toques.

——¡Ni pan, ni vino, ni comida! ¡Jesús, María y José, qué vida tan miserable la de nosotros los curas!—— pensó en lo que quitaba las aldabas de la puerta hecha de roble y pino. Por el cuidado con que estaba abriendo la puerta parecía como si estuviera esperando a un enemigo peligroso. Sin embargo, su miedo era a la tranca que comenzaba a ceder a los efectos del comején. Llevaba varias décadas viviendo en la misma casa desde que vino de España como Párroco de Sabana de los Muertos, conocida en la actualidad como Villa Altagracia por el simple hecho de que, según la gente, al General Petán Trujillo le gustó el nombre de la santa.

Cuando atinó a abrir la puerta, se encontró frente a frente con Marina de la Cruz.

——¡Qué sorpresa me habeis dado, Marina!

——¡Entrad de inmediato hijita! ——¡Entrad y sentaos; por amor a la virgen!

——¡Pero si estas empapada! ——Adelante pues, que yo mismo te voy a secar.

——Esta tiene que ser una diligencia muy urgente que te ha traído por aquí a estas horas.—— Dijo con el más sincero de los asombros el sacerdote. El fue quien bautizó a Marina cuando tenía nueve meses. Ahora la veía crecida. Hecha toda una mujercita.

——¿Díme Marina, qué pasó en tu casa? Por favor, díme lo que te pasa para salir a mojarte así con este temporal en donde están cayendo rayos y centellas—— Insistió el Cura.

Sus ojos azulosos cambiaron de brillo cuando la hermosa jovenzuela quedó exactamente bajo la luz de la lámpara de neón que alumbraba la sala. Fue entonces cuando Marina de la Cruz se dio cuenta de que las curvas de su cuerpo se definían con claridad porque el vestido estaba mojado. Ante la mirada desinquieta del Padre Celestino, Marina fingió que se iba a sacudir los cabellos para alejarse de la luz. Evitando, de esa manera, que el Cura fuera a cometer el pecado de la lujuria.

——De seguro que tu padrastro..Digo, tu tío, quiere confesarse. ¿No es así?

——¡Por fin, ya se va a descargar de tantas cosas malas que tiene pendientes.

——Bendito sea el nombre de Jesús!"

Cada vez que la joven abría la boca para darle el recado de su tía Candita, el Padre la interrumpió con su retahíla de frases con doble sentido.

——¡Ave María Purísima! ——Dijo el Cura a la muchacha. No esperó que ella le respondiera "sin pecado concebida" para exigirle:

——¡Dímelo de una buena vez, Marina!

Medio temblorosa, le dio la noticia del grave estado en que se hallaba el Capitán Valentín. Sin darle oportunidad a que el Padre la interrumpiera, le comunicó el deseo de doña Candita de que su marido recibiera todos los honores y ceremonias religiosas disponibles.

Tras despedir a Marina, prometiéndole ir media hora más tarde, cerró la puerta con rudeza. Se marchó a cambiarse la ropa echando rayos y centellas. Profiriendo toda clase de maldiciones contra el difunto Paquito Estrella. Según el cura, el ricachón lo hizo ir a la montaña y perderse la última boqueada del Capitán Valentín Peguero, a quien en vida todos temían. Incluso el propio sacerdote tuvo que viajar una vez dizque por cuestiones de "salud". Se fue a España más rápido que de carrera sin darle mucha explicación a sus feligreses. Algunas de las beatas de la iglesia, asesoradas por el enchinchador y chismoso sacristán, nunca se comieron el cuento. Por el contrario, ellas sabían de las amenazas que le había hecho el Capitán Valentín Pejiguera porque dio un sermón muy caliente, un domingo de Resurrección.―― "A los sotanudos anti-trujillistas hay que quemarles los fondillos"―― decía siempre el oficial.

El religioso estaba que echaba humos de la rabia que tenía culpando al terrateniente que, por morirse en esa fecha, le impidió estar cerca del Capitán Valentín para que se confesara. Para que le dijera todo lo que sabía, todo lo que había hecho en su vida.

――Ese desgracia'o me sacó de mi parroquia de Sabana de los Muertos para que yo no tuviera la oportunidad que tanto he ansiado".

――"Pero despreocúpense!――

Manifestó decidido el cura hablando solo en lo que se arreglaba para los funerales.

――Si el Capitán Pejiguera se arrepintió a última hora, yo no hacía falta para salvarle su alma. Si se tragó todos los pecados que cometió en su larga vida, que el Todopoderoso decida lo que va a hacer con el alma de quien en vida se llamó…

No llego a decir más nada porque una tos persistente se lo impidió cuando un trago de vino sin bendecir se desvió de la garganta y se fue por el camino viejo. Al Padre le encantaba el vino añejo. Aparentemente nervioso por los eventos que venían pasando en su parroquia, especialmente la escandalosa gravedad del Capitán Valentín, la antojadiza promesa hecha por el terrateniente Taquito Estrella, el Padre Celestino destapó la botella que le habían traído de la Capital el día anterior. Estuvo a punto de ahogarse. Pero lo que él mantuvo como secreto de confesión fue que su perturbación vino por Marina. El Cura se puso de vuelta y media, completamente dislocado, cuando notó lo mucho que se había desarrollado la joven mujer. Más aún cuando la vio con su vestido totalmente mojado definiendo parte por parte la voluptuosidad de su hermoso cuerpo femenino. Lo único que se le ocurrió hacer fue la señal de la cruz. En seguida, continuó con su ajetreo de rebuscar toda la indumentaria eclesiástica para la ceremonia, enmohecida por la falta de difuntos en la comarca.

Ahora la mente del Padre Celestino Marte se concentraba en los preparativos de las honras fúnebres que, obligatoriamente, había que celebrarle al temido Capitán Valentín T. Peguero.

——¡Qué funeral!—— Pensó a medio sonreír el Padre, con picardía. Como si estuviera satisfecho por la envidia que le tendría el Arzobispo de la Provincia de San Francisco de Macorís. Según su criterio, nunca le perdonaría al Prelado el hecho de que lo humillara en una concurrida ceremonia en donde se hallaban las más altas autoridades de la curia dominicana y extranjera. Todo ocurrió porque el Padre

Marte se dedicó a cabildear para que lo nombraran Obispo. Reclamando sus derechos por lo méritos de su parroquia y por antigüedad en el servicio sacerdotal. La hora de su venganza había llegado. El Arzobispo de Macorís y el Capitán Valentín eran primo-hermanos y aunque no se sabía quién había ayudado a quién, para el Cura ambos eran pájaros del mismo nido. De lo que él estaba seguro era que el Prelado, quien no ocultaba sus ambiciones políticas, aprovecharía su parentesco para venir a su parroquia si lo consentía, a ganar adeptos en el nombre del anti-comunismo. A engatusar a los votantes ofreciéndoles cuantas facilidades le pasaran por la mente en sus ya famosos discursos sin papeles con los que emboba a la gente del campo y la ciudad. Como el Capitán Valentín no era un muertito corriente y común, habría algarabía y muchos odios destapados cuando se anunciara oficialmente su enterramiento. El Arzobispo vendría dizque a darle el pésame a doña Candita, aprovechándose de que ella era incapaz de hacerle pasar una vergüenza a Su Altísima Señoría. Pero eso también lo había previsto el Padre Celestino. Adelantándose por si las moscas, le hizo ver a Candita lo difícil que fue para ella entrevistarse con el Prelado. Ante la enfermedad de su esposo, doña Candita se presentó al arzobispado porque necesitaba una cuña, una carta de una persona influyente, para enviar a su marido a un centro especializado en el extranjero. Fue mayor la mala gana del Obispo que la efectividad de la recomendación.

——¡Juro, por la Virgen de la Macarena, San Deshacedor y San Caralampio que ni la Capital de la Provincia se verá tan concurrida como la parroquia mía"!—— Terminó sentenciando el Padre Marte. Mientras tanto, se apresuraba a hilvanar las primeras palabras que formarían las oraciones de su discurso Post-Mortem de su arenga religiosa en el esperado mortuorio.

La agonía del Capitán Valentín había sido un calvario. Su remordimiento era mayor. Por su habilidad y eficiencia sanguinaria éste era enviado a realizar importantes misiones. Las mismas formaban parte de las operaciones de represión dentro del Servicio de Inteligencia Nacional (SIM). Ese cuerpo investigativo del régimen de Trujillo no tenía límites. Sus servicios le proporcionaron muchos privilegios que estaban por encima de los que podía obtener con el rango de Capitán que ostentaba al ser retirado. Pero hombres con doble servicio en el Gobierno como Valentín era muy temidos y casi todo se les facilitaba. Las puertas se les abrían sin el menor esfuerzo. Cometían abusos de toda clase. Atropellos despiadados que le eran atribuidos luego al Gobierno y, por vía de consecuencia, al Presidente de la República. Aunque el gobernante de turno nunca supiera de tal o cual crimen. Por ello, la única pena que se le imponía a esbirros como el Capitán Pejiguera, era el tormento de su propia conciencia, cuando murieran de muerte natural. Cuando se consumieran en la cama, con lentitud, con remordimiento. Padeciendo dolores indescifrables. Evitando el sueño para no tener que enfrentarse a los horrores interminables de las pesadillas que surgían como fruto de sus atrocidades contra los ciudadanos indefensos. Así casi siempre mueren quienes cometen, en nombre de la ley, las fechorías más aborrecibles. La agonía por la que pasaba ahora el Capitán Valentín era una cadena de torturas.

La matanza de las tres hermanas Mirabal, la muerte horrenda de Gloria Viera, las horribles torturas a los presos de la invasión de Constanza, Maimón y Estero Hondo, el sádico aniquilamiento de los que cometieron el Magnicidio del Presidente. Su último servicio espeluznante lo hizo en la Operación Limpieza que barrió con los llamados "comunistas", al poco tiempo de iniciarse la revuelta de abril en el 1965. Durante la operación limpieza, las tropelías del militar fueron realizadas con fervor de esbirro. Como si quisiera casarse con la gloria y retirarse con grandes honores de la institución que lo formó. Que le dio cabida a su genio despiadado. La hoja de servicio del Capitán Valentín "Pejiguera" estaba impregnada con la sangre y el sufrimiento de los culpables y los inocentes.

El calor era espantoso. El abanico soplaba un aire caliente. Continuaba, sin embargo, girando en todas las direcciones. El ambiente era sofocante en la habitación en que colocaron el enfermo oficial. Habiendo tantas habitaciones en la casa, se les antojó ponerlo allí en la que estaba, hacia el patio de la vivienda, para que los muchachos y los transeúntes no lo molestaran. Aquello fue, paradójicamente, como un purgatorio como si quisieran que el calor lo fuera ablandando.. Ya importaba muy poco el lugar, puesto que los doctores lo habían desahuciado. Todos se habían declarado incompetentes para salvarle la vida. El enfermo sufría de una hidropesía crónica con complicaciones del hígado. Un día amanecía con la barriga tan aventada que parecía que se le iba a explotar. Los pies se le hinchaban de tal manera que no podía mover las piernas. Al día siguiente se desinflaba como si fuera una vejiga a la que se le ha abierto un boquete. El viejo militar casi no tenía dolientes. Si por casualidad tenía alguno, parecía no importarle si se moría o se salvaba.

Marina de la Cruz tenía la obligación de permanecer ahí junto a su tía. Contaba con dieciséis años y doña Candita había sido como una madre para ella. La tía se dedicó a criarla desde que tenía seis años. Además, se sentía comprometida porque el enfermo era su padrastro, aunque fuera un verdugo de malo. Ella lo hubiese querido mucho de no ser por los manoseos indeseados y las proposiciones que le hacía Valentín cuando Candita no estaba.

El lugar en donde vivían era muy pequeño. Los vecinos conocían al ex-Capitán y a su mujer. Aunque no se atrevían a acercarse mucho a la vivienda por miedo al rumor que corría de boca en boca. Este era transmitido por lo que decían las malas lenguas, de lo que pasaría en la casa y a los dolientes del Capitán, una vez que "estericara" las patas. Algunos vecinos que se autodefinían como muy cautelosos ni siquiera se atrevían asomarse al aposento donde estaba el moribundo. Tan solo miraban desde la galería de la vivienda por temor a que se les pegara la extraña enfermedad que, con una lentitud espantosa, estaba consumiendo al temido militar.

No habían transcurrido nueve horas cuando los efectos de los Santo Oleos aplicados en las extremidades del hombre surtieron sus efectos. De tal forma, la extremaunción combinada con las oraciones interminables que rezaba doña Candita, allanaron por fin el largo camino para que el difunto partiera hacia el "más allá". En el instante en que estaba expirando, el militar balbuceó varios nombres y apellidos que su mujer no conocía. Sabía muy bien que el orgullo principal de su marido era andar siempre con la ropa limpia y planchada. Sobretodo, ser dueño de una discreción absoluta en los trabajos que realizaba para el Gobierno. Ni siquiera ella, que había soportado un matrimonio de cuatro décadas, relacionó esos nombres con las actividades de su marido: Cholo Villeta, Balá el Palero, Monseñor Panal. El mismo que confirmó a Marina de la Cruz, declarándola Católica, Apostólica y Romana de la santa iglesia europea. Era así como seguía aquella cadena interminable de crímenes horrendos que el Capitán presentaba en su macabro curriculum cada vez que quería justificar su merecido ascenso militar en la Guardia de Trujillo. El único servicio al Generalísimo en el que no pudo participar fue en el secuestro del Profesor Manuel de Jesús Galíndez. En ese tiempo, éste escribía desde su cátedra en la Universidad de la Columbia en Nueva York, desafiando al Gobierno dominicano en el cual había servido años atrás. Para llevar a cabo la operación del secuestro de Galindez desde el territorio norteamericano, se necesitaba un personal altamente calificado. El Capitán Valentín casi lo era. Pero no sabía el idioma inglés con la fluidez necesaria. Ese era el requisito primordial. Dado que la importante misión se llevaría a efecto en el mismo corazón de los Estados Unidos de América.

— De lo único que me arrepiento una y mil veces es de no poderle servir al Jefe como yo quería en caso del tal "Galindez".-- Decía con nostalgia Valentín.

--¡Qué ganas le tenía yo al maestro e'porra ese. Esa fue una roedora en el mundo de los comunistas.! --Sentenció al oficial con visible desagrado mientras trataba, infructuosamente, de matar una mosca que se le asentaba esporádicamente en la calvicie de su cabeza.

Tía y sobrina se miraban la una a la otra achicar el tiempo que transcurría exageradamente despacio en la habitación, en la que el médico aplicaba una sobredosis de un calmante líquido intravenoso. Con la inyección se disminuiría el terrible dolor que, a juicio del galeno, padecía el enfermo en cualquier momento. Era un cáncer terminal que se iba distribuyendo por todo el cuerpo como si fuera una manada de pirañas. Como si fuera un panal de comején carcomiéndole hasta los tuétanos de los huesos. Ambas mujeres se miraban como queriendo confesarse una con la otra. Contarse lo poco o lo mucho que conocían de ese hombre tan controversial. Por un lado, era un militar que había hecho hasta lo inverosímil para llenar su hoja de servicio a favor del gobierno que lo había formado. Por el otro, era un marido absorbente, machista, quien celaba a su mujer hasta con su propia sombra.

Sin embargo, lo que más le atormentaba a doña Cándida era que el moribundo había preferido entrar al umbral, a la antesala de la muerte sin confesarse como era la costumbre. Quizás lo hacía porque pensaba que el Padre Celestino Marte lo denunciaría en el púlpito de la iglesia con su verborrea seudoreligiosa, cuando ya fuera un cadáver. Otros cuentan que el oficial creía en la reencarnación. Que retornaría con una de las siete vidas que aún no había empezado a descontar. Las tenía todas en reserva porque aún no se había muerto ni siquiera la primera vez. Las dos mujeres miraban con asombro y admiración aquel machazo de hombre, que prefería irse con su carga de atrocidades al fuego eterno del infierno. Era tan terco que no quiso descargar sus culpas, los pecados de toda su vida en una confesión de media hora con el Padre Celestino Marte, sin mea culpa, sin penitencia. De uno de los tantos congresos internacionales de la legislatura eclesiástica había surgido el mandato prohibiéndole imponer penitencia a los creyentes que no tienen posibilidades de recuperarse, de levantarse del lecho de muerte.

——¡Qué carajo! Yo no tengo por qué confesarme.—— —— Decía el oficial con frecuencia cuando estaba en pleno disfrute de su vida.

——¡A Dios que reparta suerte! Si me toca el infierno, conoceré a los que fueran más verdugos que yo.—— Se complacía a sí mismo, satisfecho de su convicción religiosa.

Pero el Capitán Valentín nunca pensó que el Padre también tenía derecho a hacer promesas. La hizo con mucha devoción. Cuando lo ordenaron de sacerdote juró guardar secreto absoluto de todas sus confesiones.

Aunque las denunciaba con otros nombres, desde el púlpito del templo, al Capitán Pejiguera no lo denunciaría jamás porque eran cáscaras del mismo palo. Era como delatarse a sí mismo. Los dos habían participado juntos en muchas misiones secretas. Uno con el responso, el incienso y la cruz. El otro, llevando como estandarte una orden funesta de tortura y de muerte, apoyada por una pistola en la cintura. Conjuntamente con la voluntad sanguinaria de matar si era necesario en el nombre del Generalísimo. El oficial, enviando las almas al Diablo. El Cura, bendiciendo a los condenados.

——Qué podía hablar el Padre Celestino si todos en el pueblo conocían sus andanzas con las viudas, sus salidas inesperadas a la Capital del país. Especialmente cuando aún estaba caliente el bochinche de su sobrino.

Los embusteros del lugar se preguntaban con ansiedad:—— ¿por qué tanto afán y tanta generosidad al enviarlo a España a estudiar con todos lo gastos pagados?——

—Que se deje de pendejadas el padrecito ése que él y yo nos conocemos muy bien. A mí no me va el a sacar ni media palabra, ni siquiera una puntita de mis pecados.

—E'mas nadie me va a convencer de decir lo que tengo guarda'o.

Así se quitaba de arriba la presión de su mujer, cada vez que quería convencerlo para que la acompañara a la misa de los domingos.

El Capitán se ufanaba de su machismo y su mujer lo sabía. Doña Cándida también reconocía que su marido tenía la mano dura como el hierro cuando se incomodaba. Por esa razón y muchas más, estaba siempre lista para cumplir con sus obligaciones hogareñas. Sin atreverse a protestar ni hacer preguntas. Doña Candita jamás olvidaría que por ir a visitar un brujo para que le hiciera un "trabajo" se le olvidó quitarle los becerros a las vacas. Era un domingo, y el muchacho que las atendía tuvo que irse a visitar a su madre que estaba enferma en un campo cercano. La mujer llegó tarde porque creía que su marido estaba de servicio en la fortaleza.

—¡Tú sabes más que nadie que el ron y la leche son mis bebidas favoritas!

—¿Dónde estabas tú que dejaste que los becerros se amamantaran?

—¡Díme mujer! ¡Dímelo canto'e pendeja! —Pero despreocúpate, que si yo no logro ordeñar la otra vaca, te juro que te voy a sacar la leche de las costillas. ¿Oíste vagabunda?

—¡Dije que te la saco de las costillas para enseñarte a tener cuidado!

Sin esperar respuesta alguna de la mujer, cegado por la cólera que tenía le fue encima. Le propinó una bofetada que, por poco, pierde el conocimiento. Marina de la Cruz presenció con impotencia como su tía lloriqueaba. Acostumbrada ya a las reprimendas, a los celos y a los golpes de su marido Valentín "Pejiguera".

La figura masculina proyectaba una imagen pálida, sin vida, sepulcral. El aura que se formaba en la configuración de su cuerpo lo revestía de una sublimidad mayúscula. Como el que está culminando su contacto material en la tierra para trascender a ese estado metafísico. Como el que se prepara para un largo viaje sin regreso, hacia lo infinito, hacia la eternidad.

Marina de la Cruz fue abriendo los ojos lentamente. De pronto sintió sobre su pecho un pesado objeto con el que le estaban dando choques eléctricos directos al corazón. Ante la descarga sorpresiva del aparato, su cuerpo se retorcía como un reptil. Sus músculos se contraían y se expandían afectados por la fuerza de la corriente. El personal médico del hospital Presbiteriano había luchado para mantenerla con vida. A medida que iba despertando del coma, veía a los doctores y enfermeras adoptando figuras estrafalarias; con las narices alargadas y los ojos brotados. Algunas veces los veía como si fueran fantasmas. Flotando sobre interminables lagunas aneblinadas. En otras ocasiones, los percibía con sus túnicas blancas como si fueran payasos. Participantes de una fiesta macabra en la cual se escuchaban los murmullos de ultratumba y las carcajadas sarcásticas de los espíritus burlones. Sus voces llegaban a la enferma con entonaciones extrañas, irreconocibles. Las palabras producían un eco que no alcanzaba a descifrar. Marina sentía que hacía un esfuerzo extraordinario por escapar de ese estado. Estaba como el que cae en una pesadilla eterna, de donde es imposible escapar. Donde se oye, se ve y se siente pero no se puede entrar en comunicación con el mundo que le rodea.

Marina de la Cruz llevaba varias semanas entrando y saliendo de sus largos períodos de coma. Sabía lo que estaba ocurriendo a su alrededor. Aunque le era imposible moverse y reaccionar con su cuerpo a los estímulos del medio ambiente, podía escuchar con claridad lo que se decía. Todos los médicos que la habían atendido en su gravedad hablaban de la gran fortaleza que la había ayudado a sobrevivir. La infortunada mujer respiraba con una máquina artificial. Cada vez que se la quitaban, se veía al borde de la muerte. Pero lo peor había pasado. Las habilidades motoras de los miembros de su cuerpo estaban respondiendo mejor a las demandas de su cerebro. Las esperanzas de recuperación que tenían los doctores habían aumentado. A medida que pasaron las horas, su mente se fue aclarando. Su vista se fue despejando. Empezó entonces a darse cuenta de que se encontraba en un hospital.

Efectivamente, Marina de la Cruz había sido llevada a ese centro hospitalario de Manhattan después de haber caído en un estado inconsciente. Sucumbió ante el choque emocional que le produjo la noticia de su tía Candita sobre el estado en que había quedado su hijo cuando sufrió el accidente. La mujer sintió como si el mundo se desplomara bajo sus pies. No pudo soportar el golpe emocional. Tres meses habían transcurrido desde que fue colocada en esa sala de cuidados intensivos, sin saber nada del mundo exterior. Sin saber nada de nadie, quedando a merced de su imaginación. Recorriendo distancias, volando con su espíritu de un sitio a otro. Viviendo noches y días que parecían siglos en la inmensidad del limbo.

Cabalgando a veces sobre briosos caballos. Corriendo por caminos inmensos, por túneles y laberintos interminables. Cayendo otras veces en abismos que parecían no tener fondo. Así pasó todo el tiempo que estuvo en ese estado de inconsciencia. Sin saber de ella.

Todos estaban vestidos de blanco a su alrededor. Se sentía cansada, adormecida. Pero era un cansancio relajante. Parecía que había regresado de un largo viaje. Como si se hubiese liberado de una carga pesada. La primera oración que pudo pronunciar con coherencia y claridad fue:

——¡Qué sed tan grande tengo!

Los médicos y enfermeras respondieron con sonrisas jubilosas mientras se miraban entre sí al escuchar la reacción de la paciente. Si de todos fue la batalla para salvarle de la muerte, de todos fue el júbilo cuando ella recobró el conocimiento.

El día que le dieron de alta en el Hospital Presbiteriano, mejor conocido como el Medical Center, Marina fue despedida con grandes honores. El cariño que le habían cogido se lo demostraban con flores. Actitud infrecuente en una ciudad como Nueva York en la que la persona se convierte en un número más. En el Medical Center todos se habían preocupado por su salud. Desde la persona con el cargo más humilde, hasta el personal superior. Aquí raras veces se le pone atención al nombre del paciente. Lo más importante es saberse de memoria el número de Seguro Social. Pero el caso de Marina había sido muy especial. Para los médicos era inusual porque ella entraba y salía de su estado comatoso. También les preocupaba el hecho de que no tuvo muchos visitantes en su cama de enferma. El personal médico le había tomado mucho cariño. La habían apoyado. La trataban como si fueran sus familias. Ese apoyo fue de vital importancia para su recuperación. Para arrancársela a las garras de la muerte. Por eso, el día que salió del Medical Center en el Alto Manhattan, todos cantaban en voz baja...

——"Adiós con el corazón que con el alma no puedo..."

Durante su convalecencia, entre las contadas personas que veían a verla, se encontraba Alex Rincón. Este fue varias veces al hospital y firmó incontables formularios y documentos para que la ingresaran en el centro médico. Además le sirvió de traductor cuando los médicos no hablaban español. Marina tuvo que ser sometida a varios tratamientos porque se creía que su colapso se debió al desarrollo de un tumor en el cerebro. Alex Rincón había cumplido con ella en parte porque como dice la gente "en el hospital y en la cárcel es en donde se conocen los amigos". El era para ella más que un amigo. Era el hombre que había despertado en ella el deseo de amar de nuevo. Alex Rincón fue quien le levantó el espíritu bajo los estímulos de la fogosidad de su nueva pasión, de su singular forma de amarla.

Sin embargo, por una razón inexplicada, Alex se había ausentado por completo de la vida de Marina de la Cruz. Las razones habían sido tan desconcertantes como desconocidas. De todas formas el papel que él jugaba era muy importante en la convulsionada vida de la mujer. Como era un tipo sabichoso, astuto en cuestiones del amor, Alex le había comido el cerebro y conquistado el corazón a la quisqueyana. Ambos llevaban más de dos años viviendo juntos, como marido y mujer. Vivían amancebados, porque el matrimonio no tenía una prioridad en sus planes. La mujer, por su parte, había tomado la decisión de no hacerle presión a Alex Rincón para que se casaran. Lo hizo porque cada vez que le mencionaba el tema del casamiento, era dejado de lado con un sutil cambio de conversación por parte de su novio. Este lo hacía con tal sutileza, con tal sabiduría, que ni siquiera ella que era la más interesada se daba cuenta cuando la conversación pasaba a otro tema. Marina había aprendido que el destino no se puede forzar en la dirección que uno considere de su conveniencia. Por eso no quería nada obligado, ni siquiera el amor del hombre que ella quería apasionadamente. La mujer había tenido una experiencia que, a pesar de ser la más grande de su vida, no quería vivirla para no tener que sufrir otro desengaño. En consecuencia, no le había exigido una definición de matrimonio a Alex Rincón. Tampoco se había vuelto a enamorar con la intensidad del pasado.

Con el transcurrir del tiempo, Marina de la Cruz se curó. Y volvió a su apartamiento. El verano pasó dándole paso al otoño con características de congoja, de bruma. Las hojas de los árboles se estaban volviendo cada vez más amarillentas. Parecía un cambio de estación prematuro, a destiempo. Tan anárquicos como todas las estaciones de los últimos diez años en esta región del continente. El cambio sorpresivo del color de los árboles era más bien una metamorfosis, que un proceso lento y natural como el engendrado por la falta de clorofila. Los días eran un poco fríos. La caída de las lluvias esporádicas rompía la que, en otras circunstancias, hubiese sido la monotonía tradicional de la época otoñal.

La vida de Marina de la Cruz seguía igual. Más triste que alegre. Vivía como el que le han sacado el alma. Nada de diferencia entre su existencia y la de millones de seres humanos que han emigrado a esta tierra de abundancia. Y que han hecho de los Estados Unidos de América su nueva patria. Trabajaba mucho tiempo extra para cubrir los gastos de las operaciones que le habían hecho a su hijo en Santo Domingo. Todavía le faltaba una tercera operación en la columna vertebral. Esta era la más delicada de todas porque se definiría si podría volver a caminar. Hasta el momento las otras cirugías no habían surtido un efecto positivo. Pedrito seguía en su estado paralítico. Pero su madre, movida por la fuerza de la abnegación, se había propuesto luchar hasta el final. Los golpes psicológicos que había recibido eran duros e implacables. Las fuerzas le comenzaban a fallar. Aunque luchaba a brazo partido, tenía la corazonada de que su hijo quedaría confinado para siempre a una silla de ruedas.

En la actualidad, las relaciones amorosas de la inmigrante dominicana se definían como rutinarias. Cuando volvió a la factoría, Alex Rincón la convenció de que volviera con él. Inexplicablemente, sin preguntarle nada de su alejamiento misterioso cuando ella estuvo recuperándose, convaleciendo en su apartamiento. Aparentemente, Marina no le pedía explicaciones porque tenía miedo de perderlo y se había cansado de vivir sola en esta gran ciudad.

La rutina se rompió un día. Los inspectores de inmigración, en una cacería relámpago contra los indocumentados, se presentaron en la fábrica en donde trabajaba desde que salió del Medical Center. La embestida de las águilas de inmigración, tan sorpresiva como eficaz, agarró por sorpresa a todo el personal. Incluyendo a los jefes. Cuando el portero dio la alarma con una contraseña en clave, se formó el corre corre. El alboroto fue innecesario porque los inspectores de ojos azules saben dónde se esconden los ilegales cuando se sienten acorralados. Marina de la Cruz fue la primera en ser atrapada. El inspector que la encontró parecía un vaquero con gafas negras y un sombrero tejano con las alas anchas. En la cintura llevaba un revólver magnum cuarenticuatro, un par de esposas plateadas y unas botas que lo hacían ver como un gigante de siete pies. Por el contrario, la asustada mujer se veía como una rata tambaleándose mientras se ocultaba indefensa detrás de unos cajones de la persecución de un gigantesco felino. Se la llevaron porque no pudo aclarar su situación legal cuando el Inspector de Inmigración le interrogó en su mesa de trabajo. Con la certeza con que las autoridades identificaron el lugar, parecía que aquello se trataba de una denuncia, de un chivateo, de una vulgar chotería como dicen los boricuas.

—¿Quién podría haber sido el responsable? —Y ¿cuáles serían las razones?

Pensó Marina mientras el Oficial le ponías las esposas, al tiempo que le leía los derechos Constitucionales.

—"Usted está bajo arresto por violar las leyes de Inmigración..."

—"Usted tiene derecho a permanecer en silencio..."

Marina no dijo nada. Callada, descendió los escalones del viejo caserón en donde funcionaba la "factoría" que le había servido de sostén para sus necesidades económicas más perentorias en la ciudad de Nueva York.

Las respuestas a las preguntas que surgían, unas detrás de la otra en su monólogo interior, no se vislumbraban en la turbada mente de la prisionera.

Obviamente, las respuesta las encontraría luego. Una de sus mejores amigas y compañera de trabajo que la visitó mientras estaba detenida, le contó que Alex Rincón era un hombre casado con tres hijos. Lo peor era que se lo había ocultado durante todo el tiempo que llevaban viviendo juntos.

La esposa de Alex Rincón, en persona, había tomado la iniciativa de informarle a las autoridades inmigratorias de este país sobre la situación legal de Marina de la Cruz. Lo hizo impulsada por un arrebato de celos contra la quisqueyana. La denuncia fue hecha con el más mínimo detalle. Con pelos y señales. La brigada de Migración de Nueva York actuó: "Utilizar documentación de una ciudadana Americana para permanecer ilegalmente en este país es un asunto muy serio. Es un crimen federal castigado con severidad por las leyes migratorias". Marina de la Cruz era culpable de ese grave delito.

Tras varios días de encarcelamiento bajo investigación en el centro de detención conocido como "La Tumba", Marina fue visitada por tres influyentes abogados. Como una paradoja burlesca, la cárcel de La Tumba se encuentra situada de tal manera que la Estatua de la Libertad la señala y la alumbra con su gigantesca antorcha. Recordándole a los inmigrantes encarcelados que se encuentran, a pesar de todo, en el país de "la democracia y la justicia".

Los abogados se presentaron en la cárcel por instrucciones de los propietarios de la fábrica en que Marina laboraba. Los dueños habían decidido costear los gastos legales que implicaba el delito que había cometido con miras a lograr la libertad de la prisionera. La mujer tenía un record excelente con la gerencia de todos los sitios en donde había trabajado. Nunca llegó tarde. Jamás desobedeció una orden de los jefes. Y siempre realizó las cuotas que le asignaban en la mesa de producción. Los dueños de la fábrica eran también inmigrantes judíos y querían mucho a Marina de la Cruz. Por eso le "metieron una mano de apoyo". Su interés mayor era salvarla de que la deportaran hacia la República Dominicana, tal y como lo establecen las leyes norteamericanas. La defensa legal de Marina impidió que la sacaran del país.

Cuando fue puesta en libertad de la cárcel de La Tumba, tomó el tren y se encaminó hacia la parte norte de la Isla de Manhattan. Ahora portaba una docena de libras menos; un record de ficheo policial. Y una carta en inglés para que se presentara a un juicio a celebrarse el martes trece de enero, del mil novecientos ochenta y ocho. Si el juez la encontraba culpable de violar las leyes migratorias, corría el riesgo de ser deportada de inmediato del territorio americano. De todas maneras, estaba muy contenta. Respiraba aire de libertad. Aunque estuviera contaminado por la encarbonizada atmósfera que oscurece el medio ambiente newyorquino. Era viernes y lo único que le importaba, por ahora, era llegar a su hogar lo más pronto posible.

En su apartamiento, la mujer encontró que todo, absolutamente todo, estaba en el sitio en el que ella lo dejó cuando la detuvieron. Sin pensarlo dos veces, se quitó la ropa, cogió una toalla y se metió en la bañera. Mientras las burbujas creadas por la combinación del jabón, el aire y el agua resbalaban por su cuerpo descubierto, la hermosa mujer se enjabonaba y estrujaba por todas partes como si quisiera liberarse de la inmundicias que se le pudieran haber pegado durante el tiempo que permaneció en la cárcel de Inmigración. Después de un largo rato en esta rutina purificadora, Marina de la Cruz salió de la bañera, cubriéndose hasta donde la toalla le alcanzara. Y, por la inercia del cansancio, se dejó caer en la cama. Fue así como quedó completamente rendida. Estaba muy agotada y fue vencida por el sueño en un santiamén. En un abrir y cerrar de ojos. No era para menos, puesto que había estado sometida a una fuerte tensión física y psicológica; durante esos días tan horribles que pasó recluida en el centro carcelario, que justicieramente le llaman La Tumba de Nueva York.

El día siguiente era un día muy especial para la inmigrante dominicana. Era la fecha de su cumpleaños. Esos días habían sido muy cruciales en su vida. Muy contados habían sido los días agradables, en la celebración de sus últimos cumpleaños. Por eso no estaba atenta con la fecha de su onomástico como le hubiese ocurrido en otros tiempos. Lentamente, se fue adentrando en ese mundo misterioso, inexplicable, del sueño. Despacito. Muy despacito fue arrastrada a la profundidad de este mundo en el cual el alma se recrea por medio de una experiencia placentera. O, por el contrario, se atormenta con sueños malos. Indeseados. Con pesadillas que parecen ser el fruto de la realidad. Ella no le temía ni a lo uno ni a lo otro. Y se durmió con profundidad.

HACIA LA OSCURIDAD

El día estaba radiante. Marina de la Cruz lo estaba también. Su rostro lucía tranquilo, relajado, en paz, en armonía. Se miró al espejo una y otra vez. Sus grandes ojos, cuyas pupilas habían adquirido de nuevo su hermosura natural, habitual, con la que enloquecía a los hombres, recorrían su cuerpo reflejado en el gigantesco espejo de su habitación. Allí estaba ella por fin, liberada de la lujuria y la morbosidad. Se sentía completamente libre de las miradas calcinantes que la asediaban sin cesar. Eran miradas con los ojos desorbitados, penetrantes, encendidos por una pasión morbosa, enfermiza. La mujer había quedado estupefacta. Mirando fija a la otra Marina. La Marina de la Cruz que había enloquecido con sus encantos al único hombre que la pudo doblegar. Al que la enseñó a amar sin reservas. El mismo hombre que la enseñó a entregarse sin recogimiento. El había sido su maestro en todo. Lo mismo la enseñó amar que a perdonar con toda la fuerza de su corazón. Pedro Ventura estaba allí pegado a ella. Estaba desnudo junto a la mujer que se reflejaba en la resbalosa pared de azogue y cristal. Así fue pasando una procesión de hombres que se desmayaban a sus pies, tratando de tocarla. Ellos querían alcanzarla aunque fuera con las yemas de los dedos. Pero la bella mujer los miraba con desdén, cubriéndose los senos con las manos; mientras se reía de una manera burlesca. Algunas veces, la figura femenina se daba vuelta. Se quedaba silenciosa, provocativa, suspicaz. Otras veces, se escuchaban salir de su boca carnosa, interminables carcajadas; parecía que no iban a parar nunca. Los hombres iban y venían, tocando el cuerpo sin ropa; cayendo uno detrás del otro como si fuera una carrera de dominó. Parecía que estaban siendo fulminados por una descarga misteriosa que se desprendía del esbelto cuerpo femenino como si fuera una chorrera de sensualidad y de pasión. La lista era larga: Pedro Ventura, Manuel Díaz Amador, Simeón Ortíz, el Padre Celestino Marte, el Capitán Valentín "Pejiguera", y Alex Rincón. Esos eran los rostros que ella podía recordar. Los cuerpos masculinos yacían arrodillados en forma de círculo. Todos miraban embelesados, boquiabiertos, ante aquella mujer hermosa, inconmovible, inmutable. Los hombres estaban de cuclillas, añangotados, deformes. Marina de la Cruz, por su parte, se erguía orgullosa, altiva, como si estuviera satisfecha de su hazaña seductora, invencible como una estatua de mármol.

Los primeros toques se produjeron a la diez de la mañana. Los amigos de Marina de la Cruz fueron llegando a su apartamiento. Algunos venían solos. Otros venían acompañados. Muchos traían flores y algunos traían regalos. Marina era muy querida en la fábrica por sus compañeros de trabajo. Ella también era muy apreciada por los vecinos del edificio. Casi todos deseaban aprovechar su cumpleaños para demostrarle el gran cariño que sentían por su persona. Marina era una emigrante ejemplar, muy trabajadora y buena compañera. Era una mujer que siempre estaba lista para cooperar con las personas que la necesitaban. Cuando se trataba de compañeros de trabajo que habían caído prisioneros por estar indocumentados, se desvelaba hasta conseguirle ayuda económica y legal para sacarlos de las cárceles de inmigración. La marca sicológica que sufrió cuando estaba presa en La Tumba de inmigración fue grave. Las vejaciones emocionales y el asedio sexual de los prisioneros y oficiales le dejaron huellas imborrables. Su encarcelamiento opacó las otras desgracias de su vida. Por eso, le aterraba ver a una mujer trabajadora en la prisión. En cada mujer se veía a sí misma. Eso la hacía luchar con más ahínco; y cooperar con desprendimiento, sin esperar recompensa.

Las horas iban pasando en la ciudad de los rascacielos. Los amigos y amigas de Marina de la Cruz habían organizado una sorpresa para llevarla a bailar. Esa noche había un festival de salsa y merengue con media docena de orquestas en una discoteca llamada "¡Fuego! ¡Fuego!" A Marina le encantaban los bailes. Aunque el sitio había sido escogido con antelación por sus amigos, ella no sabía absolutamente nada.

Ese día su rostro estaba deslumbrante, radiante, alegre, con un gran entusiasmo. Marina correteaba por todos los lados, de la cocina a la sala, al aposento. Ella se hallaba como el pez en el agua porque estaba logrando que sus amigos se sintieran como si estuvieran en sus casas. Lo que más la complacía era atender bien a todos los presentes. Casi todos sus compañeros estaban allí junto a ella en ese día especial. El único que no estaba era Alex Rincón. El hombre que le había servido de sostén a su llegada a este país. Pero Alex tenía compromisos con una familia que ella desconocía. Lo que más le podía doler a Marina de la Cruz era que se le había entregado por completo desde que lo conoció. Ella lo hizo sin muchos rodeos, sin muchas averiguaciones. Como si quisiera borrar de su pasado las huellas de su primer amor. Debido a esa entrega total, sin vacilación, había caído presa en las garras de inmigración.

——Así es la vida—— Pensó. ——Una quiere "sacar un clavo con otro clavo" y sucede que se quedan los dos adentro. ——Pero todo en la vida es transitorio—— Se le oyó murmurar entre los dientes. Marina quería justificar su acción, su mal paso amoroso con ese mecanismo de defensa.

——¿Qué dijo usted comadre?—— Le preguntó una de las mujeres presentes.

——¡Nada comadre; nada! ——¡Le juro por nuestro sacramento que no dije nadita de nada! ——¡Y no vaya usted a pensar que me estoy poniendo loca!.

——¡Dios me libre, comadre! ——Le aseguró Marina a su comadre mientras se alejaba zigzagueando entre los invitados para continuar repartiendo hielo y bebidas.

En la fiesta todos reían y cantaban al unísono con el grupo musical dominicano "Cuatro Cuarenta", que tocaba en ese momento su último hit: "Ojalá que llueva Café".

El día se iba y la noche llegaba. Aunque el tiempo estaba nublado, la temperatura no había descendido mucho todavía. Las estaciones de radio hispanas transmitían una programación con música alusiva a la temporada navideña. En la cocina, una pareja bailaba un merengue que dice: "Estas navidades van a ser candela...Cógelo bien suave que si no te quemas". Mientras tanto, en el toca-disco del apartamiento de enfrente se escuchaba:

"...Qué triste navidad...!"

Eran casi las ocho de la noche cuando la mujer caminó hacia su habitación con rapidez. Al mismo tiempo, las personas que se encontraban en la sala tomaban, hablaban y se reían. En ese momento, todos entonaban: "Happy birthday to you, happy birthday, happy birthday..."

Los invitados hablaban de distintos temas. Estaban muy entretenidos. Por eso, no se dieron cuenta cuando Marina de la Cruz entró a su habitación. Caminó con cuidado, como el que va midiendo sus propios pasos. Como si fuera en cámara lenta. Despacito, despacito se acercó a un armario. Lo abrió. Sacó una botella de ron criollo. La destapó y respiró. Se tomó un trago largo, muy largo. Tomó otro; y se tomó otro más. Respiró lento y profundo. Contando cada segundo, colocó la botella casi vacía encima del gavetero. Abrió otro compartimiento. Sacó un gigantesco rosario de nácar que guardaba desde su infancia como si fuera una reliquia. En aquel instante, los ojos acaramelados de Marina se fueron encendiendo. Sus pupilas se iban agrandando paulatinamente. Ahora parecían dos brasas encendidas. Sus ojos se desorbitaron. Su corazón comenzó a palpitar a gran velocidad. La mujer se fue transformando. Su figura adoptó una posición firme, erguida, decidida. Los movimientos de su cuerpo parecían automáticos; como si fuera un robot de carne y hueso. Pero su mente se iba acelerando con el paso de los segundos. Marina se encontraba ahora con la mirada clavada en el espejo. Pero esta vez había una sola mujer. Con la mirada fija pensó en todo: En sus hijos, en sus amores borrascosos, en su emigración clandestina de su amada Quisqueya. Se acordó de los días amargos, y las penurias que sufrió en la cárcel de Nueva York, se vio perseguida, atrapada y violada. También pensó en el fatal naufragio de la Esperanza Segunda. Se vio a sí misma luchando desesperada por salvarse en las aguas del Canal de la Mona, enrojecidas por la sangre de los indocumentados. Se vio en la finca cafetalera de la Isla del Encanto. Pensó en la casa de la Santera de Guayama, en la factoría, en La Gran Manzana.

Con el paso veloz de esos eventos que convergían en su agitada vida, Marina de la Cruz fue delineando su propia radiografía. Su configuración era la de una emigrante de cualquier país latinoamericano. Sus labios encarnados temblaban. Pronunció unas palabras extrañas. Era una oración cortísima. Caminó sigilosa hacia la ventana. Marina estaba como traspuesta. Ahora caminaba con lentitud. Estaba lánguida, rígida. Lentamente, se fue acercando con una ligera y sostenida sonrisa. La mujer iba al encuentro de algo, como si fuera en busca de una luz. Sus ojos estaban congelados. No se movían por nada; ni siquiera para pestañear. En ese instante, extendió despacio su brazo izquierdo. Levanto las cortinas rojizas. Abrió la ventana. En ese momento, las palomas, que ya se hallaban acurrucadas en sus nidos, emprendieron un vuelo desordenado. Volaban perturbadas por el cuerpo de la mujer que descendía estrepitoso hacia el pavimento. Con su ruidoso aleteo en la penumbra de la noche, las palomas rompieron el silencio reinante en el ambiente. Miedosas, las aves desafiaban, inexpertas, la oscuridad que cubría la parte alta de la Isla de Manhattan.

Todo siguió su curso habitual en la ciudad de los rascacielos. Anestesiados por los eventos rutinarios de la Gran Manzana, las personas iban y venían. El gentío de aquella noche formaba lo que parecía un hormiguero gigantesco, compuesto por seres que se movían agitados en todas las direcciones de Washington Heights. En este sector, que ha apasionado a tantos emigrantes de la República Dominicana y del Mundo, el bullicio era perenne. El ambiente era ensordecedor. Salvo un puñado de curiosos que corrió en dirección de la desgracia, cada quién siguió en lo suyo. Los vendedores callejeros continuaron con su sinfonía de altibajos. Anunciándole a los transeúntes sus mercancías desparramadas en las calles de la ciudad:

—¡Vendo tickets de la lotería!

—¡Vendo palé pa' Santo Domingo y Puerto Rico!

—¡Tengo caraquita y rifa de aguante!

—¡Venga marchanta que tengo flores frescas y baratas!

—¡Vendo piragua, guayao y frio-frio!

Una señora con un sombre de Panamá para entrar en la competencia gritó:

Vengan aquí a comprar su habichuela con dulce y maíz tosta'o!

—¡Compre los plátanos de Barahona, marchanta grande como a usted le gustan!

—¡Tengo 'panty' a tres por peso, desodorante a dólar y secador de pelo!

¡Tengo Chicharrones y batata asada!

Y un taxista gitano, que lucía muy desesperado por el entaponamiento de las calles, tocando bocina como un loco gritó:

—¡Quítense del medio pendejos, que llevo una mujer pariendo!

La escena era completada por el trajinar de los trenes y autobuses; por el ulular de las sirenas de las ambulancias y los carros de la policía; por los camiones de los bomberos que a diario corren hacia todos lados en una competencia maratónica interminable. La gente del Alto Manhattan, sin embargo, ya está acostumbrada a esa faena. Por eso, todo marcha como si nada hubiese pasado porque la vida sigue su trayectoria en la ciudad que siempre está despierta. Esa es La Gran Manzana, que se le ofrece "gratis" a quien llega en busca del "sueño americano".

COLOFON

Esta primera edición de **MARINA DE LA CRUZ, Radiografía de una emigrante**, de *Félix Darío Mendoza.*, se terminó de imprimir en EDITORA TALLER C. por A., Isabel la Católica 309, Santo Domingo, República Dominicana, en marzo de 1994.-

Printed in the United States
By Bookmasters